家藏文库

秦观词

〔北宋〕秦观 著　　杨圆媛 评注

中州古籍出版社
·郑州·

图书在版编目（CIP）数据

秦观词 /（北宋）秦观著；杨圆媛评注. —郑州：中州古籍出版社，2015.6（2022.1重印）

（家藏文库）

ISBN 978-7-5348-5370-8

Ⅰ.①秦… Ⅱ.①秦…②杨… Ⅲ.①宋词–赏析 Ⅳ.①K236.042

中国版本图书馆 CIP 数据核字（2015）第 148990 号

JIACANG WENKU：QIN GUAN CI

家藏文库：秦观词

选题策划	卢欣欣　赵发杰
约稿统筹	卢欣欣
责任编辑	张　佳
责任校对	苏晓园
封面设计	王　歌
版式设计	曾晶晶

出 版 社	中州古籍出版社（地址：郑州市郑东新区祥盛街 27 号 6 层　邮编：450016　电话：0371-65788693）
发行单位	河南省新华书店发行集团有限公司
承印单位	河南新华印刷集团有限公司
开　　本	640 mm×960 mm　1/16
印　　张	13.75
字　　数	180 千字
版　　次	2015 年 6 月第 1 版
印　　次	2022 年 1 月第 3 次印刷
定　　价	21.00 元

本书如有印装质量问题，请与出版社调换。

七年与千年（重印序）

从初版到这次重印，不知不觉间，这部《秦观词》已经走过了七年。这七年，在我个人生活中有着太多的色彩和忙碌。当初以为交稿之后就告别了秦观，可以奔赴下一站的人生旅途，但事实上，"死并非是生的对立面，而是作为生的一部分永存"。这七年，秦观好像从未离开过自己。

汉唐气象，大宋风雅，陈寅恪说："华夏民族之文化，历数千载之演进，造极于赵宋之世。"法国著名汉学家贾克·谢和耐也有评价：当时的宋朝，"中国文明在许多方面正达灿烂的颠峰"。这已经成为多数历史学家的共识。"唐宋变革"使中国历史从中世纪的黄昏转入近世拂晓时刻。宋代彻底破除门阀制度，科举考试的选拔更加完备，那些"学而优则仕"的"寒门子弟"受到"先天下之忧而忧，后天下之乐而乐"士文化的熏陶。如此背景下，秦观这一代文人有着更多的忧患意识和济世之心。

宋代诗词有一个有趣的现象，宋诗"言理而不言情"，是"被爱情遗忘的角落"，宋词则无所顾忌，成为艳情充斥的花花世界，词坛的正统仍停留在"花间词"幽怨闺阁的风习中。随着北宋城市经济的繁荣和"礼乐文武大备"的影响，词的风格和形态也在不断发生变化，文学艺术开始走向世俗化、平民化和大众化，人们对"新声"的需求也影响到文人词风的走向。苏轼在宋代词坛上开创了诗化词的风格，秦观是苏轼的学生，也是他的好友，然而秦观并没有亦步亦趋，而是自成一体。他以一位乡村士子的身份开始走上舞台，一次次科考失意，再到党争失败后被贬黜，这种经历改变了秦观的人生轨迹，也刻画了他的文学思想。他将身世之感投射在词作里，看似平淡，字里行间却透出对人生细腻敏感的体味。焕发出深邃感人的艺术魅力。

秦观在词的艺术世界中进行了创新和拓展，在意境上走出新路，形成了自己的"宋韵"。他的"情"和"爱"也在延续了南唐词风的宋词里开辟出一片新的天地。

现实是历史的空谷回音，不妨跳出秦观看秦观，跳出宋朝看中国的"士"精神。七年的沉淀与千年的文化相互观照，通过这本小书，那份情感记忆和文化艺术的认知跨越了时空，展现出历久弥新的生命力，为我们活态地传承了历史文脉。

小书重印之际，感谢中州古籍出版社策划出版的这套"家藏文库"，也一并感谢我南京大学文学院的老师们对我的帮助。

2022 年 1 月
于杭州西湖

前　言

一

北宋元祐八年（1093），已经垂帘听政八年之久的高太后病故，哲宗亲政。哲宗九岁登基，但朝政大权一直掌握在高太后及旧党大臣手中，这位少年皇帝对旧党的专横无君之举十分不满。从亲政的那天起，坐在龙椅上的哲宗皇帝俯视着跪在面前的满朝文武，他知道，终于可以按照自己的意愿来治理天下了。他亲政后的第一件大事就是罢黜旧党，起用新党，实行新政，这是一场旷日持久且影响很大的政治运动，史称"绍圣绍述"。

于是朝廷上下又重演了几年前"元祐更化"的一幕，只不过主角由旧党换成了新党，此时的新旧党争也已从政见之争转变为政治清算，政局在这位少年皇帝的手上发生着戏剧性的变化。昔日得势的旧党转眼间风光不再：司马光被追贬，苏轼、苏辙、黄庭坚等被贬斥。与此同时，新党蔡京、章惇等人相继回朝主政……在短短一两个月的时间里，三十多位元祐党人全部遭到贬黜，旧臣已死者夺其谥号，追贬官衔，苟活者则一概被贬到荒蛮之地。

注定要有人成为这场政治斗争的牺牲品，比如被誉为"宋一代词人之冠"的秦观。这位出生在江苏扬州高邮的词人原字太虚，后改字少游，别号邗沟处士、淮海居士，后人尊称他为淮海先生。

绍圣元年（1094），这一年词人秦观四十六岁，这本是他实现人生抱负的大好年华，但此时的他却遭贬出京，且活在人世间的时光已不太多。在这场时间长达三十五年、被贬人数多达三百零九人的新旧党争中，包括苏轼、秦观、苏辙、黄庭坚在内的旧党人物被一贬再贬，受尽折磨。

这是一场前所未有的政治清算，秦观先是被贬为杭州通判。当他还匆匆忙忙走在赴任的路上时，又以在国史馆增损神宗实录之罪，被雪上加霜地贬为监处州（今浙江丽水）酒税。在监察御史刘拯的眼里，秦观"游薄小人，影附于轼"（《皇宋通鉴长编纪事本末》），务必要严加惩处。

在接下来的几年时间里，旧党名臣刘挚被贬新州，死于贬所；名相吕大防被新党构陷，死于贬所；苏轼于绍圣元年被贬为定州太守，同年罢任，被贬往英州，后又连续被贬惠州、儋州。在新党对旧党大肆报复的行动中，身为"苏门四学士"、"苏门六君子"之一的秦观饱受磨难。

临行前，秦观重游友人王诜家的西园，抚今追昔，写下了这首《望海潮》（其三）：

梅英疏淡，冰澌溶泄，东风暗换年华。金谷俊游，铜驼巷陌，新晴细履平沙。长记误随车。正絮翻蝶舞，芳思交加。柳下桃蹊，乱分春色到人家。　西园夜饮鸣笳。有华灯碍月，飞盖妨花。兰苑未空，行人渐老，重来是事堪嗟。烟暝酒旗斜。但倚楼极目，时见栖鸦。无奈归心，暗随流水到天涯。

几年前，也就是哲宗元祐二年（1087），秦观因苏轼等人的举荐，入京任职，并参加了在驸马都尉王诜府第举办的西园雅集，当时苏轼、苏辙兄弟以及"苏门四学士"等十六人参加了这次难得的盛会。这些文人吟诗对唱，风流俊朗，一时传为美谈，人们将这次聚会称为"西园雅集"。李公麟曾绘有《西园雅集图》，图中"幅巾青衣、袖手侧听者，为秦少游"（米苐《西园雅集图记》）。

这次风云际会的文坛雅集在中国词史乃至文学史上有着重要的意义，同样也代表着秦观意气风发的一段人生，是他仕途较为顺达的一段经历。在苏轼等人的大力荐举下，他先后做过太学博士、秘书省校对黄本书籍、秘书省正字、国史院编修官等，其间也遇到一些小的挫折，比如多次参加科举才考中进士、被忌者中伤等。但是这样的好日子未能维持多久，到了绍圣元年之后，这段美好的时光只能在梦中不时浮现了。

这首《望海潮》记录了秦观昔日与志同道合的朋友们在一起雅集的快乐时光，转眼间，他已沦为宦海浮沉的牺牲品。秦观以情景交融的方式抒写自己对前途迷茫的感叹，似乎也包含隐居出世的心绪。词人在这首词中进行时空转换，从眼前的"梅英疏淡，冰澌溶泄，东风暗换年华"，到"长记误随车"，追忆昔日西园雅集的良辰美景；"兰苑未空，行人渐老，重来是事堪嗟"，又将思绪拉回到现在，呼应开头。今昔对照，时空交错，以一种迷离的方式揭示了政局多变在自己心中留下的阴影，悲惋动人。

秦观被贬后所任的监处州酒税不过是负责到市场上去做征收鱼税、酒税之类的事。因官职小且处于流放时期，在处州生活的两年时间里，他一直没有固定的住所，寄居在一座寺庙中。这期间，秦观主要靠诵读抄写佛经、游览山水来打发时光，且谨小慎微，生怕再出什么差错。

即便如此，负责监视的人仍不放过他，"承风望指，候伺过失，既而无所得"（《宋史·秦观传》），实在找不到什么过错，就以谒告写佛书、败坏场务等罪名将秦观削秩，贬往更加偏远的郴州（今湖南郴州），真是欲加之罪，何患无辞，这一年是绍圣三年（1096）。

从接到再贬郴州诏书的那一刻起，生性敏感的秦观已经感觉到，自己这一次将是有去无回，于是他留下一家大小二十来口，只带了儿子秦湛跟随自己匆匆南行。

二

一路顺江舟行，两岸的风光虽然美不胜收，但此刻的秦观哪有这份游山玩水的心，想起曾经的西园雅集，想起从前的轻歌曼舞，想起昔日的缠绵温情，心中的块垒不断郁结，难以排解。

路过衡阳的时候，故旧孔毅甫在那里做太守，他见到秦观之后感叹道："秦少游气貌大不类平时，殆不久于世矣。"（曾敏行《独醒杂志》）此时的秦观年纪虽然还不到五十岁，但看上去憔悴枯槁，已是老态龙钟，到了要挂着拐杖才能走路的程度。"休言七十古稀有，最苦如今难半百"（秦观《自警》），他似乎已经看到死神的身影。

秦观匆匆于岁末抵达郴州，还没来得及领略潇湘一带的风物之美，就再次接到诏书，编管横州（今广西横县）。此时已是绍圣四年（1097）的春天。郴州在湖南境内，横州则属于广西。从湖南到广西无疑又是一次艰难的行程。

从绍圣元年离开京城，先是被贬杭州，继而处州，后又贬谪郴州，再到横州，四年时间里连续四次遭贬，从浙江到湖南，再到广西，越贬越远，处境也越来越艰难。在去横州时，秦观是被作为囚徒押解上路的。在如此不堪的境况下，他写下了那首脍炙人口的《踏莎行》（郴州旅舍）：

> 雾失楼台，月迷津渡，桃源望断无寻处。可堪孤馆闭春寒，杜鹃声里斜阳暮。　驿寄梅花，鱼传尺素，砌成此恨无重数。郴江幸自绕郴山，为谁流下潇湘去？

王国维在其《人间词话》中曾这样评价这首词："少游词境最为凄婉，

至'可堪孤馆闭春寒，杜鹃声里斜阳暮'，则变为凄厉也。"在这首词里，秦观抒发了遭受流放、前途渺茫的愁绪，将自己的思想和情感融入到楼台、津渡、孤馆、杜鹃、斜阳等具体可感的物象中。全词从郴州料峭春夜的凄清景色写起，大雾迷茫，月色朦胧，桃源遥不可及，这些都是词人凄苦、迷茫心绪的写照，抒发了客居之悲、难解之愁，形象地写出自己背井离乡、漂泊天涯的无奈和悲伤。清人王士祯在《花草蒙拾》中称赞该词："'郴江幸自绕郴山，为谁流下潇湘去'，千古绝唱。"也正是从这个时期开始，秦观的词风逐渐转为"凄厉"，诗歌也变得"严重高古，自成一家"（吕本中《童蒙训·诗训》），这种"凄厉"和"严重"是其经历与心境的形象写照。

一路艰难跋涉，秦观终于到达横州，寄居在浮槎馆，此时已是元符元年（1098）。

同年九月，秦观再被贬到雷州（今广东雷州），而且是被革除功名，永不叙用。此时的他因为屡遭打击，已经有些麻木了。

在雷州，秦观"灌园以糊口，身自杂苍头"（《海康书事》），屈辱偷生、居无定所的生活对他来说，已毫无生趣可言。

屡屡遭贬对秦观的伤害既有身体上的，更有心理上的。近代词家冯煦在其《宋六十一家词选·例言》中曾指出这一点："少游以绝尘之才，早与胜流，不可一世，而一谪南荒，遽丧灵宝。"环境改变人，但这种改变是残酷的，它将一位"绝尘之才"改变成一位风烛残年的老者。

早年的秦观也曾经意气风发过，他有着较为显赫的家世："我宗本江南，为将门列戟。"（《送少章弟赴仁和主簿》）其名字由父亲元化公所起，元化公当时很是钦佩太学中王观的才学，就给儿子也取名为"观"，以此寄托自己的殷切期盼之意。遗憾的是，秦观十五岁的时候父亲就去世了。自然，秦观不想让父亲失望，据《宋史·秦观传》记载："少豪隽，慷慨溢于文词。举进士不中。强志盛气，好大而见奇。读兵家书与己意合。"他本人在《精骑集序》中也说自己"少时读书，一见辄能诵，暗疏之，亦不甚失。然负此自放，喜与滑稽饮酒者游"。可见秦观性格中也有豪放的一面，而且还是很有政治抱负的，并不仅仅满足于做一个词人。

《左传》云："大上有立德，其次有立功，其次有立言，虽久不废，此之谓不朽。"这就是古人的三不朽之说。所谓立德，就是树立德业，即孔颖达所说的"创制垂法，博施济众，圣德立于上代，惠泽被于无穷"；立功即建立功勋，"拯厄除难，功济于时"；立言则是著书立说，"言得其要，理足可传，其身既没，其言尚存"。立德是圣人才能做的事情，如同天下众多读书人一样，秦观也有着立功的强烈愿望，从他多次参加科举考试可以看出这一点。遗憾的是千古文章未尽才，秦观始终未能得到建功立业的机会，反而陷入新旧党争的漩涡而不断遭到贬谪。

绍圣元年，也就是秦观被贬的第一年，他还写了一首《好事近》（梦中作）：

春路雨添花，花动一山春色。行到小溪深处，有黄鹂千百。
飞云当面化龙蛇，夭矫转空碧。醉卧古藤阴下，了不知南北。

该词上片呈现的是一幅春山远水的优美画卷，溪流潺潺，翠莺啾啾，下片则是一派悠然自得的清幽景象。古藤阴下醉卧，看风云变幻，忘记身在何方。似乎超然物外，但隐藏在背后的悲怨心绪是可以分明感受到的，明人沈际飞看出了这一点，认为这首词是"白眼看世之态"，可谓知人之言。据说苏轼读到这首词"乃录本使藏之"，同为"苏门四学士"之一的黄庭坚也百感交集："少游醉卧古藤下，谁与愁眉唱一杯？解作江南断肠句，只今惟有贺方回。"历经数年宦海沉浮，尝遍人间酸甜苦辣，一句"醉卧古藤阴下，了不知南北"，真的就能置身度外吗？

被贬南方后,秦观常常以一种凄凉悲惋的心境去回忆那些美好的往事,用一种愁苦无奈的目光注视着眼前的现实。每到一处都触景生情,悲从心生,难以自已。

元符三年(1100)正月,哲宗驾崩,徽宗皇帝即位。

一朝天子一朝臣,宋徽宗即位后大赦天下。不少旧党人物听到这一消息,都是老泪纵横,然而如此天大的喜讯并没有让秦观高兴起来。

此时的秦观身心憔悴,对前途已不再抱有什么期待和幻想,他甚至为自己写好了挽词,发出"茶毒复茶毒,彼苍哪得知"的悲叹。这一年,苏轼应诏回京,途经雷州时,特意去看望秦观。秦观早年敬仰苏轼,以《黄楼赋》见知于苏轼,苏轼称其有屈(原)、宋(玉)之才,并将他的诗作推荐给王安石。王安石也同样欣赏秦观,说他的诗清新似鲍(照)、谢(朓)。秦观一生追随苏轼,为"苏门四学士"之一。在四学士中,苏轼最为欣赏秦观的才华。

远在异乡,师友相见,这本是一件令人惊喜的事情,但此时秦观的反应似乎有些漠然。这次见面后,秦观写下了这首《江城子》(其二):

南来飞燕北归鸿,偶相逢,惨愁容。绿鬓朱颜,重见两衰翁。别后悠悠君莫问,无限事,不言中。　　小槽春酒滴珠红,莫匆匆,满金钟。饮散落花流水、各西东。后会不知何处是,烟浪远,暮云重。

笔下一派凄冷枯寂的气象。这首词据说也是秦观人生的最后一首词。

同年七月,秦观复职北还。得到准许北还的消息后,他写了一篇《和渊明归去来辞》,"念我生之多艰,心知免而犹悲",言语之间,悲楚难掩,这是其此时心境的真实写照。

北还途中,秦观在藤州(今广西藤县)华光亭病逝,终年五十二岁。

对他去世的情景，《宋史·秦观传》是这样描述的："放还，至藤州出游华光亭，为客道梦中长短句，索水欲饮，水至，笑视之而卒。"

得知秦观去世的消息，苏轼极为悲伤，"两日为之食不下"（《与欧阳晦夫》），感叹道："少游不幸死道路。哀哉，世岂复有斯人乎！"（《宋史·秦观传》）他将秦观的词句写在扇面上，并题道："少游已矣，虽万人何赎。"（胡仔《苕溪渔隐丛话》）几百年之后，诗人王士禛仍在为之感叹："风流不见秦淮海，寂寞人间五百年。"（《高邮雨泊》）

就在秦观去世的第三年，掌管朝政的新党人物蔡京将元祐党人斥为奸党，并在京城的端礼门前竖立一块刻有一百二十人姓名的元祐党人碑，秦观的名字赫然在列，位在余官之首，其文集印板全部被焚毁。这位不幸的词人直到死后都无法逃脱党争的政治漩涡。

三

有宋一代的词人中，秦观是有一番"伤心之处"的，这不仅指他在仕途上几多浮沉，贬谪流放，客死异乡，而且其作品也受到过一些人的误解，比如宋代两大词派豪放派、婉约派的代表人物苏轼、李清照都曾以不同的方式批评过秦观。

苏轼虽然很赏识秦观，但他也说过"不意别后，公却学柳七作词"这样的话（《唐宋诸贤绝妙词选》），批评秦观与自己分别后，去向柳永学习作词；李清照则说秦观"专主情致而少故实，譬如贫家美女，虽极妍丽丰逸，而终乏富贵态"（《词论》），说他专讲情致，缺少史实掌故，如同贫寒人家的美女，虽然妍丽丰逸有余，但终究缺少高贵的气象。

这些批评有其道理，但也不够公允，缺少对秦观词作个性与成就的深刻了解。文学创作本来就需要转益多师，师法苏轼固然极好，但借径柳永也未尝不可；使用故实固然有其佳处，但不用典故，纯用白描也未必就是缺点。再说秦观也不是"少故实"，比如其《望海潮》之广陵怀古、越州怀古两首都用了不少掌故，以至于明人沈际飞在《草堂诗余续集》中批评"词为故实拖叠所累"。当然每个人的喜好不同，对同一部作品的评价也会迥然不同。

秦观与黄庭坚、张耒、晁补之并称"苏门四学士"，这四人与苏轼亦师亦友，在填词上也不同程度地受到苏轼的影响。就词的成就而言，秦观在四人之中是最高的。《四库全书总目》认为秦观的词"情韵兼胜，在苏、黄之上，流传虽少，要为倚声家一作手"。事实上，不仅在"苏门四学士"中，即便是放在有宋一代的众多词人中，能与秦观媲美者也是屈指可数的。如与秦观生活在同一时期的陈师道就认为"今代词手，惟秦七、黄九尔，唐诸人不逮也"（《后山诗话》）。后人对此有不同意见，但这些不同意见并不是针对秦观，而是针对黄庭坚的，多认为他的词作远不能与秦观相提并论，如清彭孙遹在其《金粟词话》中就很明确地说："词家每以秦七、黄九并称，其实黄不及秦远甚。"冯煦亦有同样看法："后山以秦七、黄九并称，其实黄非秦匹也。"（《宋六十一家词选·例言》）李调元更是提出"秦少游《淮海集》，首首珠玑，为宋一代词人之冠"。

因在填词方面的杰出成就和贡献，不少人奉秦观为北宋词坛的"正宗"。清代文坛领袖王士禛认可这一说法："词以少游、易安为宗，固也。"（冯金伯《词苑萃编》）

说秦观词作是北宋词坛或婉约词派的正宗并非过誉之辞，将其放在自唐五代以来词的演进历程中可以很清楚地看到这一点。词与"载道"、"言志"的诗歌不同，它是配合音乐歌唱的音乐文学，具有"娱宾遣兴"之功，出现于深宫幽院、青楼茶楼之中，流行于把酒侑觞之间，故有词为艳科之说。从一开始词就带有缠绵多情、悱恻柔婉的特质，这既体现在题材内容上，也体现在作品风格上。早期《花间集》所收词作不外青年男女的相思相恋、悲秋伤春。到李后主时，他将身世之叹、兴亡之感一并融入小词，使词有了深邃的寄托，具有一种幽微深婉、寄情纤柔的韵致。李煜以男女相思的描写寄托个人的不幸身世。清人张惠言对此颇为认同，提出词要"深美闳约"，应该表达"贤人君子幽约怨悱不能自言之情,低徊要眇以喻其致"（《词选序》）。所谓"深美闳约"就是说词要委婉含蓄，有所寄托，讲究言外之趣、言外之韵。

词至柳永，有了显著变化，他将词的表现范围由狭小的上层社会扩展到市井民巷，又将小令拓展到长调慢词，一改唐五代以来词坛上小令占主导地位的局面，以自然朴素的风格打破晚唐五代以降的靡艳词风。但当时也有不少人诟病柳永，说他的词偏于直白而缺少余韵，比如王灼就在其《碧鸡漫志》中批评柳永："唯是浅近卑俗，自成一体，不知书者尤好之。"意思是说柳永的词语意浅近，词风低俗，能自成一体，那些读书不多的人尤其喜欢他。

到了苏轼，再改柳永"浅近卑俗"之风，开创新的局面。他"以诗为词"，将词视为独立抒情的工具。据说，苏轼曾问自己的两位门生晁补之、张耒，自己的词和秦观的词相比如何，两人都答道："少游诗似小词，先生小词似诗。"（《王直方诗话》）两人通过与秦观的比较，点出了苏轼词的特点。

对上面所列举的几位词人，秦观均有所借镜，并能推陈出新，自成一体。

首先，他的小令、慢词深受唐五代词风的影响，论者认为秦观词风"妙丽源于李太白、温飞卿"（谢章铤《赌棋山庄词话》）；其词作手法"从唐、五代词得来者，观之可知变化之由"（陈匪石《宋词举》），这些说法还是颇有道理的。以其《浣溪沙》（其一）为例：

漠漠轻寒上小楼，晓阴无赖似穷秋，淡烟流水画屏幽。　　自在飞花轻似梦，无边丝雨细如愁，宝帘闲挂小银钩。

这首词营造意境的手法颇似唐五代词。上片抒写佳人独上小楼的感受，在乍暖还寒的春日里，登楼的女子却感受到萧索枯寂的暮秋滋味，愁思不禁涌上心头。"淡烟流水画屏幽"，以画屏间的水墨风景烘托出深闺佳人飘忽不定的梦境。这首词的中心在过片一联，写女子卷帘后所见所感，敏锐地通过可感的飞花和丝雨来描摹春愁里的残梦。结句"宝帘闲挂小银钩"，一个"闲"字将境界全盘托出，写尽女子百无聊赖的神情和难以言说的愁苦，唐圭璋在其《唐宋词简释》一书中指出："盖有此一句，则帘外之愁境及帘内之愁人，皆分明矣。"

词中用了一些轻灵、细巧的意象，如"轻寒"、"小楼"、"晓阴"、"淡烟"、"飞花"、"梦"等，用幽微的"词心"传达了一种"无边"的意境。全词语淡情柔，自然淡雅，笔墨细腻，如清人周济所云："少游……意在含蓄，如花初胎，故少重笔。"（《宋四家词选目录序论》）从"男子作闺音"的角度来看，这种闲愁不仅属于词中的深闺佳人，而且也属于秦观自己。

后世有人认为该词不仅像唐五代词，而且超过了唐五代词，如明人卓人月就认为该词可以"夺南唐席"（《古今词统》）。持这种观点的并不是卓人月一人，清人刘熙载在其《艺概》中也说"秦少游词得《花间》、《尊前》遗韵，却能自出清新"。可见秦观对唐五代词的借鉴不是简单的模仿，而是在得其"遗韵"的基础上进行创新。

其次，秦观曾学习柳永的填词之法，并有所创新。秦观在词的题材及风格方面受到柳永的较大影响，他不仅擅长写小令，而且将小令的写法融入到长调的创作中，以幽微婉转、优雅醇正的风格弥补了柳永词作的浅显直白之弊，丰富了词的内涵，提高了词的品格，精致典雅，工巧流丽，王国维在其《人间词话》中这样评说秦观词作："少游虽作艳语，终有品格。"

尽管是写恋情艳语，词也须有品格，不媚俗而高于世俗。秦观曾在《贺吕相公启》中说："名既得功而并立，位当与德而俱崇。"名声因事功而立，由此获得的地位应当和道德一样高，由此可见其在品德上的要求。

最后，秦观也受到苏轼的影响。这种影响更多地体现在思想层面，而非词的具体创作技巧上。苏门之中黄庭坚、晁补之对东坡词的接受和借鉴是显而易见的，如宋人王灼在其《碧鸡漫志》中所言："晁无咎、黄鲁直皆学东坡，韵致得七八。"意思是说，晁补之、黄庭坚都学苏轼，并得其精髓。秦观虽然一生追随苏轼，但在填词方面受苏轼影响并不大，如词家陈匪石就说："秦观为苏门四子之一，而其为词，则不与晁、黄同赓苏调。妍雅婉约，卓然正宗。"（《宋词举》）秦观虽然是"苏门四子"之一，但其词风与晁补之、黄庭坚明显不同，也没有承袭苏轼的豪放词风，而是坚持婉约柔雅之调，可谓"自辟蹊径，卓然名家"（况周颐《蕙风词话》）。苏轼与秦观虽然词风不同，但他对秦观的词作很是欣赏，这种宽容和肯定对秦观来说无疑是很大的鼓舞和激励。

入宋之后，词逐渐发展成熟，有了更为广阔的发展空间，一树多枝，产生了两个旗鼓相当的流派，一派写儿女情长，一派写壮志豪气，这就是人们通常所说的婉约派和豪放派。明人张綖在《诗余图谱·凡例》中说："词体大略有二：一体婉约，一体豪放。婉约者欲其词情蕴藉，豪放者欲其气象恢弘。盖亦存乎其人，如秦少游之作，多是婉约；苏子瞻之作，多是豪放。大抵词体以婉约为正。"他以苏轼、秦观二人为代表，将婉约和豪放对举为词体的两大分野，而且以婉约为词体正宗，给予秦观以更高的地位。有这种看法的并不是张綖一人，如清人郑燮就明确指出"词与诗不同，以婉约为正格，以豪宕为变格"（《与江宾谷、江禹九书》）。

纵观唐五代至两宋时期的词史，就婉约派词人而论，其间共有三座高峰，分别是李煜、秦观和李清照。秦观的词既有继承，又有开拓。陈廷焯在《白雨斋词话》中指出："秦少游自是作手,近开美成,导其先路;远祖温、韦,取其神不袭其貌,词至是乃一变焉。"意思是说,秦观自是填词高手,他近为周邦彦开路,是其先导;远承温庭筠、韦庄,取其神韵而不是简单模仿他们的形式,词至此而发生新的变化。陈廷焯看到了秦观继承前代文学传统的一面,也看到了其善于创新、自成一体的一面,给秦观以词史上应有的地位。

四

不少人指出秦观的诗写得像词,或说"少游诗似小词",或说秦观的诗是"妇人语"、"女郎诗"(元好问《论诗绝句》),如宋人敖陶孙在其《臞翁诗评》中说秦观:"如时女步春,终伤婉弱。"意思是说秦观的作品如女子踏春,伤于婉弱。当然,这些话都是带有贬义的,不外讥讽秦观的诗过于儿女情长,过于纤巧,如同填词,写得不像诗。对此钱锺书在其《宋诗选注》中曾为秦观进行辩护:"'时女游春'的诗境未必不好。艺术之宫是重楼复室、千门万户,绝不仅仅是一大间敞厅。"说得很有道理,文学创作本来就应该丰富多样,不拘一格,再说以词入诗,如同以诗入词,未尝不是一种艺术上的有益尝试和创新。

这同时也说明秦观的作品有着鲜明的个人特色,这种特色不仅体现在其词作中,也同样体现在其诗歌、散文中。无论秦观的诗、词还是文章,都是发自其纤细敏感的内心,大多写得情真意切,带有感伤色彩,这决定了其作品的风格是统一的,具有共性的,那就是细腻柔婉,含蓄深沉。有论者称秦观的词作"托兴尤深"、"寄慨身世"(陈廷焯《白雨斋词话》),这种风格的形成与秦观一生坎坷曲折的经历有关。清人周济在《宋四家词选》中说秦观"将身世之感,打并入艳情"。即便是写艳情,因有个人的独特人生体验，也会写得与众不同。这种身世之感通过他的词表现出来，也通过其诗、文表现出来。

需要指出的是，秦观的诗、文不仅在数量上远远超过其词作，而且也是相当出色的，曾受到苏轼、王安石等人的赏识，闻名于世。其诗精致细腻，清新流丽，非"女郎诗"一词所能概括；其文特别是策论长于议论，独出心裁，卓有见识，《宋史·秦观传》称秦观"长于议论，文丽而思深"，朱东润亦称其文"皆深造而有得，不为世俗之言"（《淮海集笺注·序》）；他不仅"少时用心于赋，甚勤而专"，而且"论赋至悉，曲尽其妙"（李廌《济南先生师友谈记》），可惜这些皆为其词名所掩，未能受到人们的充分关注。前人早已指出这一点，如明人胡应麟云："秦少游当时自以诗、文重，今被乐府家推作渠帅，世遂寡称。"（《诗薮·杂编》）清人王初桐亦云："少游文字学西汉，又能自成一家，而世亦但称其歌词，总由子野之诗必不如子野之词，少游之文必不如少游之词，故为词所掩耳。"（《小嫏嬛词话》）

近代词家况周颐在其《蕙风词话》中说："吾听风雨，吾览江山，常常风雨江山外有万不得已在。此万不得已者，即词心也。而能以吾言写吾心，即吾词也。"词心是古人论词时常使用的一个术语，按照况周颐的解释，就是观览风雨江山时所激发出的一种不能自已的创作激情，它是真实情感的自然流露，而非雕琢修饰、卖弄才情营造的矫情。"以吾言写吾心"则强调词人要用自己特有的言语抒写个人独特的心灵与情感。

近代词家冯煦在其《蒿盦论词》中论秦观之词时使用了这一术语："他人之词，词才也；少游之词，词心也。"陈廷焯《白雨斋词话》中也有类似的记载，他们认为秦观的词最具词心，具体说来，就是秦观在词中以自己特有的方式写出了个人独特的情感，这是发自内心的真情实感。其词作以情取胜，正如李清照所说的"专主情致"。

王国维在其《人间词话》中说："五代、北宋之诗，佳者绝少，而词则为其极盛时代,即诗词兼擅如永叔、少游者,词胜于诗远甚。"意思是说,五代、北宋时期的诗歌少有佳作,而词则进入其鼎盛时代,即便是诗词兼擅的欧阳修、秦观,他们的词也远胜过其诗。可见王国维对秦观的诗是肯定的,当然他认为秦观的词远远超过其诗。秦观、欧阳修的词之所以远胜于其诗,一个主要原因是其词作之"真",正如论者所言:"词之言情,贵得其真。"(沈祥龙《论词随笔》)就秦观而言,其词多情而真挚,所写虽多为红颜薄命的青楼女子,但大都写得情真意切,将身世之感融入艳情的抒写,别具一格。

宋代的文学家大多独具个性,性格鲜明,比如欧阳修沉稳,苏轼旷达,黄庭坚顽强,一般认为"少游钟情"(惠洪《冷斋夜话》)。所谓"钟情"就是情感真挚,一往情深。秦观诗词的风格正是其天生秉性的自然流露,正如人们常说的,风格即人格。面对人生的忧患与困境,秦观没有苏轼那样旷达,也不如黄庭坚那样泰然,但正是这种"钟情"的性格,使他成为"情种",具备"词心",以情动人。

"两情若是久长时,又岂在朝朝暮暮",这是秦观脍炙人口的词句。就题材而言,在秦观的词作中,以写男女情感的情词居多。秦观的青年时代主要过着游幕或闲居的生活,经常出入官宦府第、青楼歌场,其词作也多以应酬或艳情为主,风格委婉缠绵。

秦观曾写过一组《满庭芳》词,其中一首如下:

山抹微云,天连衰草,画角声断谯门。暂停征棹,聊共引离樽。多少蓬莱旧事,空回首、烟霭纷纷。斜阳外,寒鸦万点,流水绕孤村。
销魂,当此际,香囊暗解,罗带轻分。谩赢得青楼、薄幸名存。此去何时见也,襟袖上、空惹啼痕。伤情处,高城望断,灯火已黄昏。

这首词系元丰二年（1079）岁末秦观离开会稽时所作,据宋人胡仔《苕溪渔隐丛话后集》卷三三所引《艺苑雌黄》记载：秦观离开会稽时,在宴席上结识了一位歌女,这首词就是为她而作。这是一首写得缠绵悱恻的离别词,上片描写离别时的景色,日暮苍茫,令人黯然；下片抒写词人的苦痛,融情入景,写尽人间离别的凄凉和悲苦。欲说还休,悲苦难言。青楼席筵,轻歌曼舞,终究是短梦一场。全词情感真挚,具有很强的感染力。

尽管秦观一生写了不少情词,但有关他与女性交往的真实材料并不多,倒是民间流传着不少秦观的爱情故事,比如他和苏小妹的传说,还有一些流传于民间的小说、戏曲。宋人钟将之写有小说《长沙义娼传》,讲述秦观和青楼女子的韵事；元代鲍天佑写有杂剧《王妙妙死哭秦少游》,虽然已经失传,但从剧名可以推知所讲不外秦观花前月下的故事；明冯梦龙的《醒世恒言》中有一篇《苏小妹三难新郎》,专讲秦观与苏小妹的风流佳话,清代李玉的传奇《眉山秀》,也是演绎这一故事。通过这些民间故事、小说、戏曲可以看出秦观留给人们的印象,人们之所以对秦观的爱情故事如此关注,显然是受到他的情词的影响,这也是可以理解的,写得如此缠绵多情的词作背后也许会有一段传奇感伤的动人故事。

在秦观所写九十多首词作中,有一半以上是写离愁别恨,男女相思。他笔下写了很多女性,其中有很大一部分是青楼女子,这种爱情也许就是钱锺书在其《宋诗选注》一书序中所说的"在封建礼教眼开眼闭的监视之下那种公然走私的爱情"。这些词大多"情韵皆胜",与前代词人乃至同时代的词人相比,脂粉气并不是那么浓重香艳。在传统题材范围内,秦观努力地将原来的艳词转化为真挚深情的醇正雅词。秦观多愁善感,性格柔弱,他满怀真诚地与那些风尘女子结为知己,词中所写既是与她们之间爱情、友谊的真实表达,同时也是秦观自己一生悲苦飘零的写照。从女子起初的面容姣好，靓丽活泼，到被人抛弃，孤独幽怨，词中的女性命运与秦观自身经历这种内在的对应，正所谓"同是天涯沦落人"，那些门前零落、愁深似海的女子也可以看作词人个人悲苦心态的写照，秦观通过对这些女性的描绘抒发了内心的无奈和寂寥。

这些词作从表面上看起来似乎平淡无奇，但字里行间有极为纤细锐敏的心理感受，细心体会便可以感受到那种缠绵悱恻的情意。秦观与词中的那些女主人公似乎都是萍水相逢，萍水相逢就意味着欢愉的短暂与长久的思念。他大概没有一位能终生相伴的女性，其情感始终处在一种漂泊状态，没有归宿，其悲惋的心态也就可以理解了。

秦观后半生连遭贬谪，以致客死他乡。异乡漂泊的困苦生活改变了秦观的人生，也影响了他的创作，他的词风逐渐转变为"凄厉"。"春去也，飞红万点愁如海"，"便做春江都是泪，流不尽，许多愁"，不再是风花雪月，只有凄厉悲苦的词句。秦观为后人传诵的名篇大多是在绍圣元年被放逐之后所作，抒发流离、孤苦之情。

五

姜夔在其《白石道人诗说》中引述苏轼的话说："言有尽而意无穷者，天下之至言也。"清人沈祥龙在其《论词随笔》中亦云："词贵意藏于内，迷离其言以出之，令读者郁伊怆怏，于言外有所感触。"可见含蓄之美是古人所追求的一种审美境界，词作尤其讲究含蓄，过于直白是文学创作的一大弊病。

秦观词作的一大特色便是具有含蓄之美，如清人周济所云："少游……意在含蓄，如花初胎，故少重笔。"（《宋四家词选目录序论》）他的词作很少直接抒发情感，而是常常通过景物的描写营造一种氛围，抒写一种心绪，至于作品所写到底是何人何事，则大多被淡化、虚化，很少浓墨重彩，即便是抒写心绪，也往往含而不露，看似平淡，寄情深远，意在弦外，有一种朦胧之美。

具体说来，这种含蓄体现在写人记事上。秦观词作中多写男女之情，往往会涉及他们之间的幽会欢爱，题材虽属艳情，但写得艳而不俗，颇有品格，其笔墨较为克制，从不进行露骨的描写，而是点到为止，轻轻带过，既能传情达意，又不失之轻浮。如其《醉桃源》（以《阮郎归》歌之亦可）：

碧天如水月如眉，城头银漏迟。绿波风动画船移，娇羞初见时。
银烛暗，翠帘垂，芳心两自知。楚台魂断晓云飞，幽欢难再期。

上片描写词人与佳人初次幽会时的场景：月夜下两人泛舟绿波，佳人脸上透出娇羞的红晕。虽然是写"楚台魂断"的艳情，但笔墨含蓄委婉，并没有粉艳直白的露骨情色描写。整首词融情于景，以景托情，含蓄深邃，韵味深长，借鉴了温庭筠的细腻浓情而摒弃其庸俗香艳的成分，接受了韦庄的清丽雅致而更为婉转深幽，正如清人毛际可所说："秦七词风流蕴藉，令人魂动色飞，而不流于狎昵，犹有发情止义之意。"（《题周汝石词》）

这种含蓄更多体现在情感的抒发上，即不直接表露情感，而是以写景状物的方式烘托渲染，将情感融入景物的描写中，使眼前的景物带有浓郁的个人色彩，即王国维在《人间词话》中所说的"有我之境"。以前面提到的《满庭芳》（山抹微云）为例。这首词先从景物写起，以苍凉伤感的画面奠定全词的基调，并不明说悲伤，但悲情可感。词人也没有详细描写两位恋人分别的细节，但那种伤感的氛围是可以分明感受到的。到词的结尾，仍是写景。情感指向是清楚的，但并不明说，留给读者很大的想象与回味空间。再如前面提到的《浣溪沙》（漠漠轻寒上小楼）。词中所写虽是春天，但色彩则是暗淡的，如同萧飒的晚秋，这是内心所感知的时节。至于词中的愁绪因何而起，所思何人，则没有明说。清幽深远的意境中有着淡淡的闺怨，既细微可感，又朦胧含蓄。要达到借景抒情的艺术效果，需要在写景上下大功夫，王国维在化名樊志厚的《人间词乙稿序》中称秦观的词以境取胜，他认为古今人词之"以境胜者，莫若秦少游"。

委婉含蓄如同书法中的留白，字面上看到的往往是冰山一角，更多的情思则隐藏在字句背后，达到一种言有意而意无穷的艺术效果。有人说秦观的词作"情韵相生"，别具韵致，指的就是这个意思。

"韵"是历代文人追求的一种审美理想。随着文学艺术的发展，"韵胜为上"的追求从魏晋人物品鉴之韵味，到唐代绘画、书法和诗歌之韵味，再到后来词学领域之韵味。从秦观的词作中可以感受到这一点。宋人范温在其《潜溪诗眼》中说："凡事既尽其美，必有其韵。韵苟不胜，亦亡其美。"意思是说，事物美到极致，必定有它的韵致。如果不能以韵取胜，那美也就不存在了。在他看来，"韵"是世间最高的美。

具体到秦观，其作品也是以韵取胜，清人张宗橚所辑《词林纪事》引楼敬思语，认为秦观的词"风骨自高，如红梅作花，能以韵胜"，点出秦观词作的这一特点。宋代词人张炎评价秦观的词作："体制淡雅，咀嚼无渣，久而知味。"这里所说的"味"就是秦观词作的"韵味"。还有词家论秦观词作时用"幽趣"、"清华"等来概括，说的也基本是这个意思。秦观的词作委婉含蓄，意味深远，需要细细品味才能体会到其言外之意，意外之韵。

以秦观的《八六子》为例：

倚危亭，恨如芳草，萋萋刬尽还生。念柳外青骢别后，水边红袂分时，怆然暗惊。　无端天与娉婷。夜月一帘幽梦，春风十里柔情。怎奈向、欢娱渐随流水，素弦声断，翠绡香减。那堪片片飞花弄晚，蒙蒙残雨笼晴。正销凝，黄鹂又啼数声。

这首词从"倚危亭"写起，以景写情，情景交融。"恨如芳草，萋萋划尽还生"，尽管是化用李煜的词句，却十分贴切，以芳草的划尽还生来比喻相思的绵延不绝，化抽象为形象，使相思变得具体可感。随后是离别时刻的回忆："念柳外青骢别后，水边红袂分时，怆然暗惊。"所写情景艳而不俗，平淡而耐人回味。

下片"无端天与娉婷。夜月一帘幽梦，春风十里柔情"，尽管天赐容颜，昔日的欢娱令人向往，但是一切都已随流水逝去，花前月下的琴声已无法再续，翠绡的香气也逐渐淡去。"那堪"后紧接着回忆和实景的交叉，"片片飞花弄晚，蒙蒙残雨笼晴"两句互文，"弄"、"笼"两字十分传神，体现了作者炼字的功夫，如虚写似白描，欢聚的缠绵悱恻和别离的牵挂思念经过层层渲染，娓娓道出，含蓄而生动，自有一种别致的情韵。正当主人公"销凝"之际，又传来黄鹂的数声啼叫，相思未去，又添新愁，这该让人何等黯然伤神。作品至此戛然而止，留给读者巨大的想象空间。

再如其《菩萨蛮》：

虫声泣露惊秋枕，罗帏泪湿鸳鸯锦。独卧玉肌凉，残更与恨长。
阴风翻翠幔，雨涩灯花暗。毕竟不成眠，鸦啼金井寒。

上片"虫声泣露惊秋枕，罗帏泪湿鸳鸯锦"，为读者展现了一幅凄清悲凉的画面：寒冷的秋夜里，女子孤身一人卧听秋虫悲鸣，难以入眠，眼泪打湿了枕巾和锦被。"独卧玉肌凉，残更与恨长"，寒冷的不仅仅是身体，还有一颗多愁善感的心。心中的怨恨到底有多少？如同漫漫残夜，残夜的时间有多长，恨就有多少。将怨恨的程度用时间来衡量，化无形为有形，具体可感，可谓妙笔。

下片"阴风翻翠幔，雨涩灯花暗"，以景写人，以阴冷灰暗的场景衬托人物内心的悲凉。昏暗的灯光下，寒风吹动着幕帘，细雨绵绵。"毕竟不成眠，鸦啼金井寒"，这样的夜晚是无法入眠的，几声鸦啼，带来阵阵寒意。

这首词写得很实，也写得很虚。说实是因为它精细地描绘了一幅怨女秋夜无眠图，说虚是因为它并没有交代这位女子到底是谁，她为何如此悲伤，是在思念远方的情人还是被无情地抛弃，这些都给读者留下很大的想象空间。结合秦观的生平来看，这首词所写既可以是一位怨妇的悲秋，又何尝不是秦观自己人生境况的写照呢？

对秦观词作的韵致，清人陈廷焯在其《白雨斋词话》中有很精辟的概括，那就是"义蕴言中，韵流弦外"。这种"韵"既是诗词的韵味，也是人生的韵味，宋人所推崇的韵味不仅是一种文学追求，更是对人生内涵的审美追求。

六

最后简要介绍一下本书的编写情况。总的来说，评注者主要做了如下三个方面的工作：

第一是校勘。本书以日本所藏宋乾道癸巳（1173）高邮军学原刊本为底本，参考其他版本及相关整理本。原本间有错字，依据其他版本径改，不再出校记。补遗部分则根据徐培均校注的《淮海居士长短句》一书，选收了艺术水准较高的一些词作，其中一些作品的作者问题，学界还存在争议，这也是需要说明的。

第二是注释。每首作品后皆有注释，主要对一些官职、地名、典故、难解的词语等进行简要的注释，以帮助读者准确理解作品。

  第三是赏析。对词作的背景、本事做简要介绍，对一些较为难解的词句进行串讲，重点在对内容、艺术的评析，力求从微观入手，谈出各词的主旨及特点，并融入评注者个人的理解和体会；本书试图从整体着眼，将作品放在秦观平生创作乃至中国词史上进行观照，谈出评注者本人对秦观词及相关问题的一些认识和看法。

2014 年 9 月 15 日

于杭州西湖

目　录

篇目	页码
望海潮（其一）	1
望海潮（其二）	4
望海潮（其三）	6
望海潮（其四）	10
沁园春	12
水龙吟	14
八六子	17
风流子	19
梦扬州	21
雨中花	23
一丛花	25
鼓笛慢	27
促拍满路花	29
长相思	31
满庭芳（其一）	33
满庭芳（其二）	36
满庭芳（其三）	39
江城子（其一）	41
江城子（其二）	42

江城子（其三）	44
满园花	46
迎春乐	48
鹊桥仙	50
菩萨蛮	52
减字木兰花	54
木兰花	56
画堂春	57
千秋岁	59
踏莎行（郴州旅舍）	62
蝶恋花	64
一落索	66
丑奴儿	67
南乡子	69
醉桃源（以《阮郎归》歌之亦可）	70
河传（其一）	72
河传（其二）	74
浣溪沙（其一）	76
浣溪沙（其二）	78
浣溪沙（其三）	80
浣溪沙（其四）	81
浣溪沙（其五）	83
如梦令（其一）	84
如梦令（其二）	86
如梦令（其三）	87

如梦令（其四）	89
如梦令（其五）	90
阮郎归（其一）	92
阮郎归（其二）	93
阮郎归（其三）	95
阮郎归（其四）	97
满庭芳（其一）	99
满庭芳（其二）	102
满庭芳（其三·茶词）	105
桃源忆故人	107
调笑令（十首并诗）	109
1. 王昭君	109
2. 乐昌公主	112
3. 崔徽	114
4. 无双	116
5. 灼灼	118
6. 盼盼	120
7. 莺莺	122
8. 采莲	124
9. 烟中怨	126
10. 离魂记	129
虞美人（其一）	131
虞美人（其二）	133
虞美人（其三）	135
点绛唇（其一·桃源）	136

点绛唇（其二）	138
品令（其一）	140
品令（其二）	141
南歌子（其一）	143
南歌子（其二）	145
南歌子（其三）	146
临江仙（其一）	148
临江仙（其二）	150
好事近（梦中作）	152

补遗

	154
如梦令	154
木兰花慢	156
醉蓬莱	158
御街行	160
阮郎归	161
满江红（姝丽）	163
画堂春	165
海棠春	167
忆秦娥	169
菩萨蛮	170
金明池（春游）	172
夜游宫	175
一斛珠（秋闺）	176
青门饮	177

鹧鸪天 …………………………………………………… 179

醉乡春 …………………………………………………… 181

南歌子（其一·赠东坡侍妾朝云）………………………… 182

南歌子（其二）………………………………………… 184

南歌子（其三）………………………………………… 185

参考书目 …………………………………………… 187

望海潮

(其一)

星分牛斗①,疆连淮海②,扬州万井提封③。花发路香,莺啼人起,珠帘十里东风④。豪俊气如虹⑤。曳照春金紫⑥,飞盖相从⑦。巷入垂杨,画桥南北翠烟中。　　追思故国繁雄。有迷楼挂斗⑧,月观横空⑨。纹锦制帆,明珠溅雨⑩,宁论爵马鱼龙⑪。往事逐孤鸿。但乱云流水,萦带离宫⑫。最好挥毫万字,一饮拚千钟⑬。

[注释]

①星分牛斗:古时人们将天上的星宿对应地上的区域,天上为"分星",地上为"分野",此处"牛斗"指牛宿和斗宿二星,对应地上"扬州"的分野。②疆连淮海:这里指扬州北连淮河,南接大海。③万井提封:古代以八家为一井,这里指扬州城市繁华、人口众多。提封,通共,大凡。④珠帘十里东风:语出唐杜牧《赠别》:"春风十里扬州路,卷上珠帘总不如。"⑤气如虹:形容人气宇轩昂,气概非凡。唐李贺《高轩过》:"入门下马气如虹。"⑥金紫:这里指达官贵人的华丽服饰。⑦飞盖:指飞快行进的车辆。盖,车篷。⑧迷楼:隋炀帝所建,故址在今江苏扬州西北观音山上。挂斗:楼阁与星斗相连,形容建筑高耸入云。⑨月观:隋炀帝游玩之所。⑩纹锦制帆:用锦缎做船帆。明珠溅雨:《隋遗录》:"炀帝命宫女洒明珠于龙舟上,以拟雨霰之声。"⑪宁论:岂止,更不用说。爵马:指雀和马一类的玩物。爵,通"雀"。鱼龙:古代一种百戏杂耍类

的表演节目。⑫萦带：萦绕，环绕。离宫：古时帝王出巡时所住的宫殿。⑬最好挥毫万字，一饮拚千钟：语出宋欧阳修《朝中措》："文章太守，挥毫万字，一饮千钟。"意思是凭吊古迹的时候，最好挥墨文章，畅快饮酒，以此遣兴抒怀。拚（pàn），舍弃，不顾。

[赏析]

这组《望海潮》由四首词组成，这首词为其一，有的版本题作"广陵怀古"。广陵为古代县名，即现在的江苏扬州。该词作于宋神宗元丰三年（1080），秦观时年三十二岁。

这首词上片主要描写扬州的繁华富庶，写其人口众多，风景优美，豪俊辈出，展现出一派生动鲜活的市井风情。"豪俊气如虹。曳照春金紫，飞盖相从"，形象地描摹出扬州的富庶昌盛，一幅车水马龙、生机勃勃的景象。诚如龙榆生所言："扬州自昔繁华，如少游《望海潮》所称'花发路香，莺啼人起，珠帘十里东风'，安得不使人沉醉？"早在唐朝的时候，扬州就已经商贾如织、富甲天下，是海上丝绸之路的著名港口，杜牧的"十年一觉扬州梦"、"春风十里扬州路"、"二十四桥明月夜"等诗句所写的都是扬州。秦观是扬州高邮人，扬州是他最为熟悉的地方，也是他漂泊中魂牵梦绕的故土，在其作品中时常会出现扬州的意象。

"追思故国繁雄"，下片笔调一转，从写景状物转向咏史怀古，将隋炀帝当年奢靡堕落的历史往事与眼前的古迹遗存勾连串接起来，借古讽今，表达了对历史的一种反思。当年"豪俊气如虹。曳照春金紫，飞盖相从"的繁华景象已成明日黄花，眼前看到的只有"乱云"、"流水"和"离宫"。面对此情此景，"最好挥毫万字，一饮拚千钟"，词人内心有一种无法排遣的积郁，只能以笔墨生花、醉饮花下的方式聊以自慰。

秦观词风受柳永的影响比较大。柳永在《望海潮》（东南形胜）一词中以赋的手法极尽铺陈之能事，描写了钱塘的富庶繁华，秦观在这首词中也采用这种写法来摹写扬州。将两首词放在一起对读，可以看到这种影响。

柳永对秦观早期词作的影响还表现在题材上。柳永在题材上以艳情为主，词风婉约深情，李清照认为柳永的词"词语尘下"，胡仔也称其为"闺门淫媟之语"，评家普遍认为柳词有俗气。这种评价有其道理，但还不够全面。柳永确实写了大量用于歌女行酒歌唱的词作，但他在其中融入身世之感，对沉沦下层的歌女寄予深深的同情，并非是真正意义上的"浅近卑俗"。秦观早期学习柳永，同样在其小词中寄托了自己的情思与身世之感，正如王国维所说："少游虽作艳语，终有品格。"作为"苏门四学士"之一的秦观将俗词雅化，形成了属于自己的风格。

这首《望海潮》与秦观其他词作相比，有较大的不同，整首词表达出一种豪放之致，且使用了多个典故。李清照在《词论》中曾批评秦观"专主情致而少故实，譬如贫家美女，虽极妍丽丰逸，而终乏富贵态"。她的批评虽然严苛了一些，但也指出了秦少游不善于用典的特点。这首词一改以往的"少故实"，多用典故，并化用李贺《高轩过》、杜牧《赠别》、欧阳修《朝中措》等作品中的语句，体现了秦观词风的另一面。善用典故，为我所有，这正是苏轼的特长，从该词中固然可以看出柳永对秦观创作的影响，但苏轼词的豪放之风对秦观的创作也是有影响的，这在该词中有所体现。

望海潮

(其二)

秦峰苍翠①,耶溪潇洒②,千岩万壑争流③。鸳瓦雉城④,谯门画戟⑤,蓬莱燕阁三休⑥。天际识归舟。泛五湖烟月⑦,西子同游⑧。茂草台荒⑨,苎萝村冷起闲愁⑩。 何人览古凝眸⑪。怅朱颜易失⑫,翠被难留⑬。梅市旧书⑭,兰亭古墨⑮,依稀风韵生秋。狂客鉴湖头⑯。有百年台沼⑰,终日夷犹⑱。最好金龟换酒⑲,相与醉沧洲⑳。

[注释]

①秦峰:即秦望山,在今浙江绍兴境内。②耶溪:即若耶溪,又名浣纱溪,在今浙江绍兴一带。相传西施曾在溪边浣纱,故此得名。③千岩万壑争流:语出《世说新语·言语》:"顾长康从会稽还,人问山川之美。顾云:'千岩竞秀,万壑争流,草木蒙笼其上,若云兴霞蔚。'"岩,山岩。壑,山沟,溪壑。④鸳瓦:即鸳鸯瓦,成对排列的瓦。雉城:雉堞,指城墙。⑤谯(qiáo)门:古时建在城门上的瞭望楼,用以观察敌情。画戟:一种画有彩饰的戟。⑥蓬莱燕阁:指蓬莱阁,为会稽名胜。三休:形容蓬莱阁高耸,典出贾谊《新书·退让》:"翟王使使至楚,楚王欲夸之,故缨客于章华之台上,上者三休而乃至其上。"⑦五湖:指太湖。⑧西子:指西施,相传春秋时越国大夫范蠡将西施献给吴王夫差,遂得以灭吴,后范蠡携西施泛舟五湖而去。⑨台:指姑苏台,故址在今江苏苏州西南,相传是吴王为西施建造的游宴之地。⑩苎萝村:在今浙江诸暨,相传是西

施的故乡。⑪览古：畅游古迹名胜。凝眸：凝神注视。⑫朱颜：指青春红颜。⑬翠被难留：比喻欢娱短暂，时光易逝。⑭梅市：地名，在今浙江绍兴境内，因汉代的梅福而得名。据《汉书·梅福传》记载：梅福，字子真，九江人，少年饱学，曾数次上书，不为所用。后值王莽当权，遂弃妻子，变名姓，隐为会稽门卒。旧书：指梅福所读的古籍。⑮兰亭古墨：指晋王羲之撰写的《兰亭集序》。兰亭，地名，在今浙江绍兴西南。⑯狂客：指唐代诗人贺知章，他晚年号"四明狂客"，曾居住在鉴湖之畔。鉴湖：又名镜湖，在今浙江绍兴境内。⑰台沼：指镜湖、千秋观等台观池沼。⑱夷犹：从容自得。⑲金龟换酒：典出李白《对酒忆贺监诗序》："太子宾客贺公，于长安紫极宫一见余，呼余为'谪仙人'，因解金龟，换酒为乐。"金龟，身上所佩杂玩之物。⑳沧洲：指水滨，为隐者所居之所。

[赏析]

这首词其他版本多题作"越州怀古"，系元丰二年（1079）秦观入越省亲时所作，当时他刚过三十岁，风流倜傥，喜欢游宴雅集。这首词描写了浙江绍兴地区会稽山的景色和遗迹，涉及越州地区的人文景观与自然风光，是秦观词作中少有的咏史之作。

词的上片描写绍兴秦峰、耶溪、蓬莱阁、五湖等景色，这些地方都和范蠡、西施有关。秦观在此处使用了历史典故：当年越国大夫范蠡将对自己一见钟情的西施献给吴王夫差，使用美人计帮勾践灭掉吴国。当越国打败吴国之后，范蠡则归隐江湖，与西施浪迹天涯。词人摹想这对神仙眷侣当年泛舟湖上的情景，那些曾经轰轰烈烈的往事，如今却只剩下"台荒"与"村冷"，显出一片凄凉之象。两者形成鲜明的对比，表达了一种落寂之情。

下片接着上片的典故，词人继续抒发自己的感慨，是什么人在那里"览古凝眸"呢？要知道"朱颜易失，翠被难留"，物是人非，好景不长。作者由此想起此地的墨客骚人王羲之、贺知章，向往他们"金龟换酒，相与醉沧洲"，过着洒脱旷达的生活，字里行间似乎透露出一种难以言说的身世之感。整首词采用铺陈手法，使用不少典故，营造了一种气势和氛围，但也有堆砌之嫌，正如明人沈际飞在其《草堂诗余续集》中所说："词为故实拖叠所累。"

秦观借鉴柳永词的创作手法，并在此基础上进行了较多的锤炼和雅化，其长调慢词的创作日趋成熟。《四库全书总目》认为秦观的词"情韵兼胜"，在苏东坡、黄庭坚之上。他善于使用流畅的词句、柔婉平和的基调，意韵相生，将内心感情的寄托充分表达出来。长调慢词，从柳永到秦观，再到后来的周邦彦，一脉相承，各自形成自己的风格。与秦观不同，周邦彦的词作注重雕琢，使宋词由天然之美转化成人工之巧。就这首词而言，秦观较之柳永韵味典雅，而又没有周邦彦的难以索解，将景物描写和个人情感相互交融，从现在追溯到过去，又从历史闪回到当下，转换游刃有余，营造了一种立体的时空，含蓄地表达了自己复杂的内心世界。

望海潮

（其三）

梅英疏淡①，冰澌溶泄②，东风暗换年华。金谷俊游③，铜驼巷陌④，新晴细履平沙⑤。长记误随车⑥。正絮翻蝶舞，芳思交加。柳下桃蹊⑦，乱分春色到人家。　　西园夜饮鸣笳⑧。有华灯碍月⑨，飞盖妨花⑩。兰苑未空⑪，行人渐老⑫，重来是事堪嗟⑬。烟暝酒旗斜⑭。但倚楼极目,时见栖鸦。无奈归心,暗随流水到天涯。

[注释]

①梅英:梅花。疏淡:稀疏而淡雅。②冰澌(sī):快要融化的冰。溶泄:融化而流动。③金谷:古地名,在今河南洛阳西北。西晋石崇曾在此筑园,宴饮游乐。俊游:畅快地游览。④铜驼:铜驼街,在今河南洛阳,与金谷园同为旧时的游乐之地。《太平御览》卷一五八引西晋陆机《洛阳记》中俗语云:"金马门外集众贤,铜驼陌上集少年。"巷陌:街道。⑤细履平沙:在平坦的沙土路上漫步。⑥长记:即常记。误随车:不由自主地跟着载有女子的车辆走。语出唐韩愈《嘲少年》:"只知闲信马,不觉误随车。"⑦桃蹊:桃树下的小路。典出《史记·李将军列传》:"桃李不言,下自成蹊。"意思是说,桃树、李树不能言语,它们用美丽的花朵和丰硕的果实来吸引人,以至于树下被踩出了小道。⑧西园:宋代洛阳有董氏西园,为士大夫宴集之地。这里指汴京的西园,系驸马都尉王诜的花园,为文士雅集之所。李公麟曾作《西园雅集图》,描绘苏轼、苏辙、黄庭坚、张耒、陈师道等十六人雅集西园的事迹,秦观当时也受邀参与西园雅集,被绘入雅集图中。鸣笳:吹奏胡笳。笳,一种管乐器。⑨华灯:明灯。碍月:有碍月色,指灯光掩盖了月色。⑩飞盖:指奔驰的车马。盖,车顶,车篷。⑪兰苑:园林的美称,这里指西园。未空:尚未荒芜。⑫行人:远游者,此处系词人自称。⑬重来:指秦观再次入京,任秘书省校对黄本书籍。是事堪嗟:这里指元祐党争和政局的变化使人嗟叹。是事,事事,凡事。⑭烟暝:黄昏时分,烟霭弥漫。

[赏析]

该词有的版本题作"洛阳怀古",作于宋哲宗时,秦观时年四十六岁。

秦观的词作中，有不少为慢词，他能把小令那种含蓄缜密的韵味融入到长调中，与柳永浅白直露的词风不同，其慢词显得跌宕有致，清微淡远。这首词从字面上看，写得很淡，但别有一种情致在里面，体现了秦观独到的词风。

上片"梅英疏淡，冰澌溶泄，东风暗换年华"写得很有韵味。"梅英"指梅花的花瓣，"疏"指花朵分布得稀疏，"淡"则指梅花的颜色。当梅花从严冬绽放，一直开到花瓣稀疏、颜色褪去，也就意味着万物复苏的春天就要到来。"冰澌溶泄"是说冰块逐渐消融，随流水而去。东风潜入，用"暗"字来衬托"换"的不知不觉，让人感叹"年华"流逝的残酷。开篇几句，看似平淡，却将岁月更迭的残酷表达出来，以纤柔细微的笔触打动人心。

"金谷俊游，铜驼巷陌，新晴细履平沙"，开始写眼前实景，"金谷园"是历史上的名园，多少风流才子曾在此游园赏春；"铜驼"指西晋首都洛阳皇宫对面的铜驼街，这里同样是文人才士聚会的地方。"新晴细履平沙"，眼前的场景勾起了秦观对一段往事的回忆。从"长记"句开始，作者触景感怀，追忆起往日情事。西园是驸马都尉王诜的花园，是元祐年间苏轼与包括秦观在内的苏门诸学士经常聚会游乐的地方。李公麟作《西园雅集图》，用绘画形式记录了苏轼、秦观等十六人西园雅集之事。随后描写"长记误随车"沿途见到的景色，一路上柳絮飘散，彩蝶飞舞，不管是在桃边还是柳下，明媚的春色纷纷来到了人家。"乱分"二字以动写静，用得十分巧妙，陈廷焯在《白雨斋词话》中对此句很是称道："少游词最深厚，最沉著，如'柳下桃蹊，乱分春色到人家'，思路幽绝，其妙令人不能思议。"

下片承接上片，回忆当时雅集的盛况。"夜饮鸣笳"是宴乐喧阗，"华灯碍月"是灯光如昼，"飞盖妨花"是嘉宾如云。秦观通过对三个细节的描写，极力渲染西园雅集的盛况，生动传神，让读者有身临其境之感。

"兰苑未空,行人渐老,重来是事堪嗟",作者又从对聚会盛况的追忆回到眼前的一切。如今西园还在,人已渐老,一种凄婉的悲情突然袭来。"重来是事堪嗟","是事"指很多事,其间发生的很多事情都令人叹息,还是当年的"絮翻蝶舞",还是当年的"柳下桃蹊",还是当年的"铜驼巷陌",还是当年的"细履平沙",而人,却已经不是当年风流潇洒的自己了。

"无奈归心,暗随流水到天涯",这是全词最能表露心迹的语句。秦观曾经历过考试不中、贬官流放、亲友分离等种种不幸,其故乡在扬州高邮,而如今人在洛阳。何时才能归乡,自己的归宿又在哪里,人生的志向是否还能实现,最后的结局又将会是怎样,一切都还是个未知数,所能知道的唯有天涯沦落的一腔无奈。唐圭璋在《唐宋词简释》一书中这样介绍他读这首词的感受:"读此词令人怅惘无家。盖少游纯以温婉和平之音,荡人心魄,与屯田、东坡之使气者又不同也。"

近代词家冯煦称秦观最有"词心"。秦观天生多情细腻,他的词心具有一种纤柔委婉的特质。其词风随着人生境遇的变迁也在逐渐发生着变化。秦观曾有过多次被贬官的经历,仕途颇为艰难。在经历种种挫折之后,秦观的词风逐渐开始变得悲楚凄婉,融身世之感于婉约纤细的词作中,这首词体现了秦观的这一词风。冯煦曾说:"少游以绝尘之才,早与胜流,不可一世,而一谪南荒,遽丧灵宝。故所为词,寄慨身世,闲雅有情思,酒边花下,一往而深,而怨悱不乱,悄乎得《小雅》之遗,后主而后,一人而已。"意思是说,秦观早年才华横溢,意气风发,但是贬谪南方之后,失去了原有的神采。所作之词,大多寄托身世之感,闲雅而有情思,即便是那些酒边花下之词,也写得一往情深,虽有悲情而心绪不乱,深得《诗经·小雅》之旨,李后主之后,只有秦观能达到这种境界。应该说这一概括还是比较准确到位的。

望海潮

(其四)

奴如飞絮,郎如流水,相沾便肯相随。微月户庭,残灯帘幕,匆匆共惜佳期①。才话暂分携②。早抱人娇咽,双泪红垂③。画舸难停④,翠帏轻别两依依⑤。　别来怎表相思?有分香帕子⑥,合数松儿⑦。红粉脆痕⑧,青笺嫩约⑨,丁宁莫遣人知⑩。成病也因谁?更自言秋杪⑪,亲去无疑。但恐生时注著⑫,合有分于飞⑬。

[注释]

①佳期:男女幽会的时刻。②分携:分离,分别。③双泪红垂:典出东晋王嘉《拾遗记》:薛灵芸选入宫时,别父母,以玉唾壶承泪,壶即变红。至京师,壶中泪凝为血。④画舸:画船。⑤翠帏:青绿色的罗帐。⑥分香帕子:散发香气的罗帕。⑦合数松儿:成双成对的松籽。这里指用香帕和松籽寄赠以表相思之情。⑧红粉脆痕:娇嫩面孔上的脂粉和泪痕。⑨青笺:青色的信纸。嫩约:男女间不牢靠的信约。⑩丁宁:即叮咛,再三嘱咐。⑪秋杪(miǎo):秋末。杪,树梢。⑫注著:注定。⑬合有:该有。于飞:指比翼双飞,有情人好合。

[赏析]

这首词有的版本题作"别意"。《望海潮》前三首都是怀古寄忧之词,该词与其他作品不同,是一首情词,所写为相思之语,表达了一种惆怅失落的情绪。

秦观早年曾与歌妓多有往来,在词作中往往把个人的失意与这些女子的不幸命运联系起来。宋朝时,不少士人或蓄养歌妓,或与歌妓交往、酬唱,这也影响到文学的创作和传播。北宋初年不少婉约词是为歌妓歌唱而作,多为闺情恋爱,分离相思。苏轼的小妾王朝云就是歌妓出身,苏轼本人与歌妓琴操也曾有交情。身为苏门学士的秦观同样与歌妓交往密切,这首《望海潮》就是为歌妓而写。南宋以后,词逐渐被雅化,描写歌妓的词减少,一些作品不再适合歌妓演唱,不过为歌妓作词的传统并没有中断。

上片"奴如飞絮,郎如流水",用飞絮比女子,以流水比郎君,写两人的萍水相逢。词人用接近口语的表达方式来写相爱中的恋人,富有民歌的韵味。飞絮,又叫杨花,一般指柳树的种子,往往还没开花就已随风飞散,这种飘絮的意象在中国文学史上常常被赋予"短暂"、"分别"、"匆匆"等内涵。如杜甫《绝句漫兴》:"癫狂柳絮随风舞,轻薄桃花逐水流。"再如《红楼梦》第七十回:"我想柳絮原是一件无根无绊的东西,然依我的主意,偏要把他说好了,才不落套。"这首词开篇以"飞絮"起头,定下全词的情感基调。两人在一起的时光实在过于短暂,户庭残灯仍在,却已到了"双泪红垂"的分别时刻,人生的聚散就是如此匆匆。"画舸难停,翠帏轻别两依依",船就要离岸,相爱的人就此远去,那种依依别离却又无可奈何的情景,正如开篇所描绘的"飞絮"。光阴如逝水,相聚如浮萍,漂泊中的人也如同没有根的飞絮,随风飘散,居无定所。

下片接着写分手之后的相思,"分香帕子"、"合数松儿"、"青笺嫩约",彼此相赠的物品寄托着无尽的相思之情。女主人公还在盘算着未来的相聚,相信这段缘分命中注定,只是不知道未来她能否见到自己的心上人。即便相聚,短暂的欢愉之后又是长久的分别,这也是可以想象到的。

该词所写虽是儿女情长,但并不浮艳,而是写得情真意切,从男女的聚散透出人生的漂泊感。明人徐渭曾说秦观"寻常浅语,自是生情",用在这首词上,再恰当不过。龙榆生在《苏门四学士词·秦观》中也说:"杂似俚语,一似柳永之所为者,皆情深浅语,曲曲传出儿女柔情。"

沁园春

宿霭迷空①,腻云笼日②,昼景渐长③。正兰皋泥润④,谁家燕喜,蜜脾香少⑤,触处蜂忙⑥。尽日无人帘幕挂,更风递、游丝时过墙⑦。微雨后,有桃愁杏怨,红泪淋浪⑧。　　风流寸心易感,但依依伫立,回尽柔肠⑨。念小奁瑶鉴⑩,重匀绛蜡⑪,玉笼金斗⑫,时熨沉香⑬。柳下相将游冶处⑭,便回首、青楼成异乡。相忆事,纵蛮笺万叠⑮,难写微茫⑯。

[注释]

① 宿霭:久聚的雾气。迷空:布满天空。迷,通"弥"。宋杨缵《八六子·牡丹次白云韵》:"但暗水、新流芳恨,蝶凄蜂惨,千林嫩绿迷空。" ② 腻云:浓密的云层。唐杜牧《春日茶山病不饮酒因呈宾客》:"笙歌登画船,十日清明前。山秀白云腻,溪光红粉鲜。欲开未开花,半阴半晴天。谁知病太守,犹得作茶仙。" ③ 昼景:白天的时光。 ④ 兰皋:长满兰草的水边高地。典出屈原《离骚》:"步余马于兰皋兮,驰椒丘且焉止息。"朱熹集注:"泽曲曰皋,其中有兰,故曰兰皋。"宋张孝祥《雨中花慢》:"认得兰皋琼佩,水馆冰绡。" ⑤ 蜜脾:蜜蜂酿蜜的蜂房,形如人脾,故名。唐李商隐《闺

情》:"红露花房白蜜脾,黄蜂紫蝶两参差。"⑥触处:到处,随处。⑦游丝:昆虫所吐的飘荡在空中的丝。唐皎然《效古》:"万丈游丝是妄心,惹蝶萦花乱相续。"⑧红泪:雨后花朵上的露水,如同红色的泪珠。清纳兰性德《河传》:"微雨花间,昼闲,无言暗将红泪弹。"淋浪:指水珠不断滴落。⑨回尽柔肠:形容内心愁苦郁结。⑩小奁:女子梳妆用的小镜匣。瑶鉴:玉镜。⑪绛蜡:本意为红色的蜡烛,这里指胭脂一类的红色化妆品。⑫玉笼:精美的熏炉,用于熏香或取暖。金斗:熨烫衣服的熨斗。⑬时熨沉香:用沉香熏熨衣服。沉香,又称沉水香、蜜香,一种薰香的香料。⑭游冶:游玩寻乐。⑮蛮笺:四川地区所产的一种彩色笺纸。⑯微茫:隐秘暗昧,隐约模糊。东晋葛洪《抱朴子·祛惑》:"此妄语乃尔,而人犹有不觉其虚者,况其微茫欺诳,颇因事类之象似者而加益之,非至明者,仓卒安能辨哉。"

[赏析]

王国维认为"生即痛苦",这是其悲剧哲学的基本内容。在《人间词话》中,他感叹"天以百凶成就一词人",此话用来描述秦观也正合适。秦观是一位与苦难相伴始终的词人,加之天性多情敏感,近代词家冯煦称其为"古之伤心人"。这首词写春思,前片写春,后片写思,由春及思,触景生情。

开头"宿霭迷空,腻云笼日,昼景渐长"三句,展示的是南方春天的景象:久聚的雾气布满天空,厚厚的云层笼罩着太阳,白天的时光逐渐增长。"正兰皋泥润,谁家燕喜,蜜脾香少,触处蜂忙","喜"、"忙"两个动词的连用,生动地渲染出春天里的喧闹景象。"尽日无人帘幕挂,更风递、游丝时过墙",逐渐从景写到人:庭院深深,珠帘低垂,一阵微风吹过,游丝轻轻飘过院墙,以动写静,幽静闲雅的气氛跃然纸上。"微雨后,有桃愁杏怨,红泪淋浪",上片最后三句呼应起首三句,雨后花朵上滚动的水珠,如同默默流下的思念的泪水。由花及人,将春景的描绘很自然地过渡到下片。

下片"风流寸心易感,但依依伫立,回尽柔肠",紧承前片而写。触景生情,自然会想起远方的佳人,真是百转千回,牵肠挂肚。接着,以一"念"字引出四个短句,回想起往日与恋人在一起的温馨时刻:"小奁瑶鉴,重匀绛蜡",描绘出佳人对着镜子略施脂粉的容姿;"玉笼金斗,时熨沉香",刻画了女子用香料熨烫衣服的场景。"柳下相将游冶处",杨柳依依的地方正是两人当初游冶赏玩的地方,而如今,自己孤身一人漂泊异乡,物是人非,心中有无限感伤。对佳人的相思,纵然有万叠名贵彩笺,也无法写尽那些难以言传的心绪。

秦观是一位敏感而多情的才子,一生颠沛流离,理想落空。对一位有抱负、有志向的文人来说,可谓人生之大不幸。不过,"诗穷而后工",正是由于这种不幸,才让这样一位"古之伤心人"留下多首纤丽凄婉的词作。缺少苏轼那样的旷达,秦观常常陷于浓重的哀愁之中,"相忆事,纵蛮笺万叠,难写微茫",往事不堪回首,再多的文字都无法表达自己内心的茫然,秦观的词作常常在不经意间流露出一种难言的哀伤和绝望。

水龙吟

小楼连远横空,下窥绣毂雕鞍骤①。朱帘半卷,单衣初试,清明时候。破暖轻风,弄晴微雨,欲无还有。卖花声过尽,斜阳院落,红成阵、飞鸳甃②。 玉佩丁东别后③,怅佳期、参差难又④。名缰利锁⑤,天还知道,和天也瘦⑥。花下重门⑦,柳边深巷,不堪回首。念多情、但有当时皓月,向人依旧。

[注释]

①绣毂(gǔ)雕鞍：形容装饰华美的车马。毂，车轮中间的圆木，这里代指车子。骤：奔驰。②飞鸳甃(zhòu)：飞花落向井台。鸳甃，用两两相对的砖石砌成的井台。甃，井壁，这里指井台。③玉佩：古代士大夫衣带上所系的玉饰。丁东：玉佩相击发出的悦耳声。④参差：错失，错过。难又：难以重现。⑤名缰利锁：为名利所束缚。⑥天还知道，和天也瘦：这二句的意思是如果上天知道这种苦况的话，上天也会消瘦。和，连。⑦重门：多道门户。

[赏析]

这首词是写一位女子对远方情人的思念之情。两情相悦的有情人被迫分隔两地，无法相见，自然会思念对方，而这样的相思既绵绵不绝，又倍感煎熬。在秦观的词作中，这一类情词贯穿始终。

上片写女主人公清明时节在绣楼上所看到的风景，映衬出她的孤独和寂寞。"小楼连远横空，下窥绣毂雕鞍骤"，这位女子站在"连远横空"的小楼上，看着楼下来来往往装饰华美的车马，但热闹是别人的，与自己无关。据宋人俞文豹《吹剑三录》记载，苏轼曾批评这两句"十三个字，只说得一个人骑马楼前过"。但这一批评是不够公允的，铺陈描摹是秦观填词惯用的一种手法，写楼下的喧闹是为了与楼上女子的孤寂形成鲜明对比，作者是有其用意的，并非在卖弄才华。

接下来直接描写女子的容姿：轻风微雨，"朱帘半卷"，她衣衫单薄，伫立窗前，小巷深处卖花的声音渐渐远去。"过尽"二字用得很妙，词人用字颇斟酌，传达出细腻微妙的感觉，这与他天生的秉性有关，也和他生活的体验有关。"卖花声过尽",可以想象到女子在楼上听到卖花声时的神态,声音的消失与时光的流逝巧妙地融合在一起。眼前所见,落红成阵,片片花瓣飘落在井台边。景象是美丽的,但感情却是悲伤的。花辞故枝,这实际上是在写行人离去,独留红颜憔悴,使人伤怀,不言愁而愁自在其中,悠悠不尽,情味深长。俞陛云《唐五代两宋词选释》评此词:"上阕'破暖轻风'七句,虽纯以轻婉之笔写春景,而观其下阕,则花香帘影中,有伤春人在也。"

上片从外在的场景写出女子孤独、寂寞之态,下片则写其内心,描画出刻骨铭心的相思之苦,相思的痛苦来自主人公对恋人真挚、深厚的爱恋。"玉佩丁东别后,怅佳期、参差难又",玉佩相碰发出的叮咚声,既是当时别离的记忆,也是一段相思的内容,往后再也难以重现这样的相聚佳期,怎不令人徒增惆怅!这是为什么呢?因为"名缰利锁,天还知道,和天也瘦",说起来都是为"名利"所束缚,耽误了佳期。

这首词是秦观在蔡州时所作,词中所写虽是一位女子因相思而哀怨的感受,实际上也写出了其个人的身世之感。"花下重门,柳边深巷",追忆往日的欢聚,如今已是不堪回首。"名缰利锁,天还知道,和天也瘦",这是他内心的独白,也是在官场上屡受挫折后内心苦闷的感受。"和天也瘦",这个"瘦"字当是从李贺《金铜仙人辞汉歌》的诗句"天若有情天亦老"化用而来。明人王世贞对此颇为赞赏,认为此句与"人瘦也,比梅花,瘦几分"、"莫道不消魂,人比黄花瘦"一样,"三'瘦'字俱妙"(《弇州山人词评》)。

结语"念多情、但有当时皓月,向人依旧",一切皆已时过境迁,只有当时的明月仍然独照人间,对月怀人情景,如在眼前,正如《草堂诗余隽》卷二所云,有"见月而不见人之憾"。淡淡的描写中给人一种淡淡的伤感,看似平易,自有一种韵致,正如清人周济《介存斋论词杂著》所言:"正以平易近人,故用力者终不能到。"

八六子

倚危亭①,恨如芳草,萋萋刬尽还生②。念柳外青骢别后③,水边红袂分时④,怆然暗惊⑤。 无端天与娉婷⑥。夜月一帘幽梦,春风十里柔情。怎奈向⑦、欢娱渐随流水,素弦声断⑧,翠绡香减⑨。那堪片片飞花弄晚,蒙蒙残雨笼晴。正销凝⑩,黄鹂又啼数声。

[注释]

①危亭:高亭,此处或指扬州邵伯镇的斗野亭。②此二句化用李煜《清平乐》词句:"离恨恰如春草,更行更远还生。"萋萋,草木茂盛的样子。刬(chǎn),铲除。③青骢(cōng):青白杂色的马,这里代指骑马的男子。④红袂:红色衣袖,这里代指穿红衣的女子。⑤怆然:悲伤失意。⑥无端:无意,无心。娉婷:形容容姿美好,亭亭玉立。⑦怎奈向:怎奈何。向,语气助词。⑧素弦:素琴的丝弦,代指琴弦。⑨翠绡:青绿色的丝巾,为女子所赠之物。香减:丝巾上的香气渐渐淡薄。⑩销凝:销魂,指怅然若失的样子。

[赏析]

这是一首写离别相思的词作,当为秦观游冶扬州后所写。清人黄苏在其《蓼园词选》中说此词:"寄托耶?怀人耶?词旨缠绵,音调凄婉如此。"

准确地说出了其主旨及特点。

全篇从"倚危亭"写起,以景写情,情景交融,如周济《宋四家词选》所说:"起处神来之笔。""恨如芳草,萋萋刬尽还生",尽管是化用李煜的词句,却十分贴切,以芳草的"刬尽还生"来比喻相思的绵延不绝,化抽象为形象,使相思变得具体可感。明沈际飞《草堂诗余正集》云:"恨如刬草还生,愁如春絮相接。言愁,愁不可断;言恨,恨不可已。"随后是离别时刻的回忆:"念柳外青骢别后,水边红袂分时,怆然暗惊。"这实际上也是"恨"的具体因由,所写情景艳而不俗,平淡而耐人回味,自有一种意于言外的韵味。秦观有不少词作抒写相思别离,但他摒弃了柳永铺叙式的市井化描写,通过含蓄而平淡的描写来表达耐人寻味的言外之意。

下片"无端天与娉婷。夜月一帘幽梦,春风十里柔情",尽管天赐容颜,昔日的欢娱令人向往,但是一切都已随流水逝去,花前月下的琴声已无法再续,翠绡的香气也逐渐淡去。"那堪"后紧接着回忆和实景的交叉,"片片飞花弄晚,蒙蒙残雨笼晴"两句互文,"弄"、"笼"两字十分传神,体现了作者炼字的功夫,如虚写似白描,欢聚的缠绵悱恻和别离的牵挂思念经过层层渲染,娓娓道出,含蓄而生动,自有一种别致的情韵。清人刘熙载在其《艺概》中曾这样评价秦观的词:"少游词有小晏之妍,其幽趣则过之。秦少游词得《花间》、《尊前》遗韵,却能自出清新。"

正当主人公"销凝"之际,又传来黄鹂的数声啼叫,相思未去,又添新愁,这该让人何等黯然伤神。作品至此戛然而止,留给读者无限的想象空间,正如宋人张炎在《词源》中所说的:"离情当如此作,全在情景交炼,得言外意。有如'劝君更尽一杯酒,西出阳关无故人',乃为绝唱。"明人李攀龙在《草堂诗余隽》的批点中也说此词"全篇句句写个怨意,句句未曾露个怨字"。

统观秦少游的词作,大多像这首词这样描写恋思怨绪、离愁别恨,没有超出男欢女爱的情爱题材范围。词一开始作为"伶工之词",多为娱宾遣兴,乃"为之一笑"的应歌之作,不少作品缺少词人自身真切的感受和心灵的感发,秦少游的词却并非如此,他笔下的爱恋和思念,都是真性情的流露,从这首词即可看出这一点。

风流子

东风吹碧草,年华换,行客老沧洲[1]。见梅吐旧英,柳摇新绿,恼人春色,还上枝头。寸心乱,北随云黯黯[2],东逐水悠悠[3]。斜日半山,暝烟两岸,数声横笛,一叶扁舟。　青门同携手[4],前欢记[5],浑似梦里扬州[6]。谁念断肠南陌[7],回首西楼。算天长地久,有时有尽,奈何绵绵、此恨难休[8]。拟待倩人说与[9],生怕人愁。

[注释]

①行客:羁旅行役的人。老:愁苦。沧洲:这里指通向江南的水路。②北随:北望。云黯黯:烟云暗淡。③东逐:东行。水悠悠:水路迢迢。④青门:汉时长安城门,此处借指汴京的城门。同携手:携手同行。⑤前欢:往日的欢聚。⑥浑似:还似。梦里扬州:此处化用唐杜牧《遣怀》诗句:"十年一觉扬州梦,赢得青楼薄幸名。"⑦南陌:南面的道路,这里指分别之地,一般泛指城郊之路。⑧"算天长"四句:此处化用唐白居易《长恨歌》诗句:"天长地久有时尽,此恨绵绵无绝期。"⑨拟待:想要,打算。倩人说与:向人倾诉。

[赏析]

南宋人何士信在其所编词选《草堂诗余》一书中将春景分为八类,即初春、早春、芳春、赏春、春思、春恨、春闺、送春,几乎每一类中都选有秦观的词作,可见秦观在描写春景方面确实是很有成就的。这首《风流子》写的也是春天,却给人带来不一样的感受。

这首词是绍圣元年(1094)秦观离京南行时所写,清人黄苏《蓼园词选》云:"必少游被谪后念京中旧友而作,托于怀所欢之辞也。"

一年一度的春风再次吹绿江南岸,梅花渐落,柳摇新绿,但眼前的美景在作者眼里却是"恼人春色","恼人"二字点出全词的情感基调。新春景象年年更替的背后是时光流转,青春不复,"东风吹碧草"唤起了"行客老沧洲"的凄苦心情。行云流水、斜阳扁舟的意象形象地反映了作者流离漂泊的人生经历。上片所写表面上看不过是季节的变换、新春的到来,实际上流露的却是作者仕途不顺、壮志难酬的郁闷之情。"寸心乱,北随云黯黯,东逐水悠悠",写出了词人孤身飘零的无奈,也写出了其心绪的纷乱。"斜日半山,暝烟两岸,数声横笛,一叶扁舟",将词人深深的悲愁和忧伤通过具体可感的景色描写表现出来。

下片开始由景及人,忆旧伤怀。"浑似梦里扬州",与上片意脉相连,"算天长地久,有时有尽,奈何绵绵、此恨难休",化用白居易《长恨歌》的诗句,在艳情中融入身世之感,由赏春而伤春,追忆往事,写出内心无人可以诉说的惆怅之情。黄苏在其《蓼园词选》中评价这首词"情致浓深,声调清越,回环雄涌,真能奕奕动人者矣"。秦观的情词以"淡雅细切"见长,这首词体现了这一特点。

梦扬州①

晚云收。正柳塘、烟雨初休。燕子未归,恻恻轻寒如秋②。小阑外、东风软③,透绣帏、花蜜香稠④。江南远,人何处,鹧鸪啼破春愁⑤。

长记曾陪燕游⑥。酬妙舞清歌,丽锦缠头⑦。殢酒为花⑧,十载因谁淹留⑨。醉鞭拂面归来晚⑩,望翠楼、帘卷金钩。佳会阻,离情正乱,频梦扬州。

[注释]

①《梦扬州》这一词牌为秦观所自创,取词中结句三字为名。②恻恻:清冷微寒的状态。③东风软:指春天和风拂面。④绣帏:华美的帷幕。花蜜香稠:花香馥郁。⑤鹧鸪(zhè gū):鸟名。形似雌雉,头如鹑鹑,胸前有白圆点,如珍珠。古人谐其鸣声为"行不得也哥哥",常用以表示思念故乡。⑥燕游:指宴饮游乐。⑦丽锦缠头:将锦帛玩物赏赐给青楼歌女。⑧殢(tì)酒为花:沉溺于饮酒赏花之事。殢,沉溺。⑨淹留:停留。⑩醉鞭:酒人手中的马鞭。

[赏析]

唐圭璋在其所编《全宋词》一书中共收录秦观词作一百四十五首。在这一百多首词作中,有三十五首出现"梦"的意象,约占全部作品的百分之二十四,可见"梦"在秦观词作中的分量。《梦扬州》是以梦为基调的词牌,它由秦观所创,在宋词中只此一调。自创词牌在宋代比较常见,如《望海潮》为柳永所创,《洞仙歌》为苏轼所创,《扬州慢》为姜夔所创。根据自创词牌所写的词叫自度词,其特点是可以尽情发挥才情,较为自由地抒写个人的感受。秦观将词牌定名《梦扬州》,显然是有深意的。对秦观来说,扬州有着特殊的含义,这里既是其熟悉的故乡,也是其心灵的归宿,在《望海潮》第一首的赏析里,笔者曾专门谈到这一问题,可参看。

这首词系秦观追忆在扬州时的宴饮欢娱生活。秦观少年时豪放不羁,风流倜傥,《宋史》称其"少豪隽,慷慨溢于文词",此后科举落第,贬职流放,心绪也随之发生改变,郁结于心,于是成为"古之伤心人"。秦观后期的词往往借"梦"抒发身世之感,基调沉郁凄凉。

词的上片描写春景。"正柳塘、烟雨初休",如烟似雾的春雨刚停,柳色正浓,燕子还没有飞回,春风透过窗帘,带来了浓郁的花香。"江南远,人何处",笔锋至此一转,坎坷人生的悲苦由此流露出来,眼前景色固然很美,但故乡离我很远,漂泊的心灵无处停留。"鹧鸪啼破春愁",鹧鸪声声啼叫,更增添内心的愁苦。

下片由"长记"开始,追忆似水年华,歌舞升平、饮酒游乐的日子仿佛还在眼前,"妙舞清歌"、"歠酒为花"、"醉鞭拂面",这些具体可感的场景都是对当日扬州生活的回忆。而如今呢?"佳会阻,离情正乱",前途迷茫,离别伤怀,归乡无期,此前是那么快乐,如今结局自然也就会显得格外残酷,只有以"频梦扬州"来聊以自慰了,但这能安慰作者悲苦的心灵吗?因为梦总是要醒的。

全词铺陈细腻,柔婉清丽。明人沈际飞称赞这首词"淮海词定有一番姿态",清人万树在其《词律》中也说:"如此丰度,岂非大家杰作。"当代学者杨海明认为"婉约词所给人的一个突出印象即是它的以柔为美;而它的柔美质地再经以悲为美的心理浸染,必然形成哀婉的风格特色",秦观的词作很能体现这一特点。

雨中花

指点虚无征路①,醉乘班虬②,远访西极③。正天风吹落,满空寒白。玉女明星迎笑④,何苦自淹尘域⑤。正火轮飞上⑥,雾卷烟开,洞观金碧⑦。　重重观阁,横枕鳌峰⑧,水面倒衔苍石⑨。随处有、奇香幽火,杳然难测。好是蟠桃熟后⑩,阿环偷报消息⑪。任青天碧海⑫,一枝难遇,占取春色。

[注释]

① 虚无征路:指传说中神仙飞升的虚无缥缈之路。② 班虬:杂色的龙。班,通"斑"。虬,龙。③ 西极:神话中极西之地。④ 玉女明星:指华山神女。据《太平广记》卷五九引《集仙录》:"明星玉女者,居华山,服玉浆,白日升天。"⑤ 淹:淹留,停留。尘域:人间尘世。⑥ 火轮:太阳。⑦ 洞观:指神仙住的仙洞。金碧:指华丽辉煌。⑧ 鳌峰:指形似鳌背的仙山。⑨ 苍石:指青碧色的山石。⑩ 蟠桃:神话传说中的仙桃,相传这种蟠桃三千年才成熟。⑪ 阿环:神话传说中的上元夫人,此处将其比作西王母娘娘的信使。⑫ 青天碧海:指广袤清澄的仙境。语出唐李商隐《嫦娥》:"嫦娥应悔偷灵药,碧海青天夜夜心。"

[赏析]

对这首词写作的缘起,宋人惠洪《冷斋夜话》一书有记载:少游元丰初梦中作长短句,既觉,使侍儿歌之,盖《雨中花》也。这一记载并不一定可靠。结合秦观的生平事迹来看,这首词大概是秦观与苏辙一起游金山,相互唱和时所写。

这首词属游仙词,这是古典诗词中常见的一个类别。秦观所写此类作品不多。他作这首词,借以表达对现实社会的不满,寄托自己超脱的思想。

词的上片描写作者醉游仙境的情景。"指点虚无征路,醉乘班虬,远访西极",词人带着醉意,乘着传说中的斑龙,前往虚无缥缈的仙境。"正天风吹落,满空寒白",高处不胜寒,飞行的路上雪花纷飞,白茫茫一片。此处写雪景,不着一"雪"字,却把漫天雪花的场景描写得神奇瑰丽。"玉女明星迎笑,何苦自淹尘域",玉女明星是传说中的仙女,在如此神奇瑰丽的世界里,有仙女笑脸相迎,自己何苦还要淹留在尘俗世界中呢?词人借仙境写出了自己的心声:为什么还留在俗世间苦苦挣扎,而不愿意做个逍遥自在的神仙呢?这一反问反映了作者企盼摆脱人世间烦恼,向往极乐世界仙人生活的心愿。"正火轮飞上,雾卷烟开,洞观金碧",终于到了神仙洞府,红日高照,云破天开,金碧辉煌的仙宫楼阁出现在眼前。

秦观在词的结构上有所创新,用瑰丽奇特的想象打破了惯常的上、下片的分界,对仙境的描绘一气呵成,全词由此成为一个有机连贯的整体。"重重观阁,横枕鳌峰,水面倒衔苍石。随处有、奇香幽火",描写了仙境里楼阁林立、依山傍水的美丽景象,"杳然难测"一语道出了仙境的虚幻莫测。"好是蟠桃熟后,阿环偷报消息",典出《汉武帝内传》,仙宫的王母娘娘让阿环偷偷带给词人一个好消息,三千年才结果的蟠桃此时已经成熟。"任青天碧海,一枝难遇,占取春色",词的结尾,作者从虚幻的仙境回到现实:尽管自己有着渴望成仙的心愿,但找遍仙境,都无法找到那种可以让人得道成仙的蟠桃树。

想要超越世俗,摆脱尘世的痛苦和烦恼,但是又寻求无路,深受现实的束缚，这是作者在词中流露的复杂心态。结合秦观的生平事迹来看，早年多次科考不中，仕途不顺，这无疑会影响到他的心绪，这首《雨中花》表达了秦观这一时期较为复杂的心理。

一丛花

年时今夜见师师①。双颊酒红滋②。疏帘半卷微灯外，露华上、烟袅凉飔③。簪髻乱抛④，偎人不起，弹泪唱新词。　　佳期谁料久参差⑤。愁绪暗萦丝⑥。想应妙舞清歌罢，又还对、秋色嗟咨⑦。惟有画楼，当时明月，两处照相思⑧。

[注释]

①年时：当年，那时。师师：北宋时有宋徽宗所眷恋的名妓李师师，但此处并非指李师师，而是泛指青楼女子。②酒红：酒后脸上泛着红晕。③露华：露珠。凉飔：凉风。④簪髻：头上插的簪子。⑤参差：这里指耽误、延期。⑥萦丝：萦绕。⑦嗟咨：嗟叹。⑧"当时"二句：北宋晏几道《临江仙》词有"当时明月在，曾照彩云归"之句，这里化用其意。

[赏析]

李师师是北宋年间的名妓，曾为皇帝宋徽宗所眷恋，小说《水浒传》对此有文学化的描写。但这首词里所写的这位师师并非那位名妓李师师，而是另有其人。当时秦观正在汴京任职，名满京城，这位师师对风流倜傥的秦观很是迷恋，据说秦观曾赠词作答，其《生查子》云："远山眉黛长，细柳腰肢袅。妆罢立春风,一笑千金少。归去凤城时,说与青楼道。遍看颍川花,不似师师好。"当然这只是一个传说而已,因为这首《生查子》并不是秦观本人的作品,而是出自晏几道之手。

这首词系秦观在汴京短暂任职时所作。北宋元祐六年(1091),他因创作青楼之词、行为不检遭到贾易、赵君锡等人的弹劾,被罢去正字一职。词为艳科,这是晚唐五代以来形成的词作传统,宋人沿袭了这一创作风气。词人与歌妓交往密切,文人填词,歌妓演唱,这是当时常见的创作演唱方式,无论柳永还是欧阳修、苏轼、黄庭坚,皆是如此。这种创作方式不仅影响到宋词的思想内容,也对有宋一代的词风产生较大的影响。从精神层面看,与歌妓的交往固然有逢场作戏的成分,但也有不少文人从这种交往中得到精神的慰藉与情感的寄托,他们不仅同情这些歌妓的不幸遭遇,而且也从中体悟到身世之感,在此方面,秦观尤为典型。

词的上片回忆了与师师相会时的情景。"年时今夜见师师。双颊酒红滋",去年的今夜,才子佳人欢会,此时师师遣酒弄舞,双颊红润。"疏帘半卷微灯外,露华上、烟袅凉飔。簪髻乱抛,偎人不起,弹泪唱新词",月光清冷,凉风习习,师师头上的发簪掉了,披散着一头长发,与词人依偎在一起,含泪演唱词人为她新写的词作。

下片笔锋一转,从欢娱写到相思。"佳期谁料久参差。愁绪暗萦丝",本来想着能再续佳期,但是自从一别,再难相见,思念的愁绪一直萦绕在心头。"想应妙舞清歌罢,又还对、秋色嗟咨",此刻的师师在一段曼舞吟唱之后,想必也在对着一庭秋色叹息吧。由此自然引出了结语:"惟有画楼,当时明月,两处照相思。"物是人非,画楼依旧。虽然人各天涯,明月还是当时的明月,但两人都可以看到它,它也看到了两人的相思。"两处照相思"一语写出月光下两人相互思念的情景,十分传神,意味深远。

整首词采用白描手法，文字精巧细腻，文词生动鲜活，感情深厚真挚，读来令人一唱三叹。

鼓笛慢

乱花丛里曾携手,穷艳景①,迷欢赏②。到如今,谁把雕鞍锁定③,阻游人来往。好梦随春远,从前事、不堪思想。念香闺正杳,佳欢未偶,难留恋,空惆怅。　　永夜婵娟未满④,叹玉楼、几时重上。那堪万里,却寻归路,指阳关孤唱⑤。苦恨东流水,桃源路⑥、欲回双桨。仗何人,细与丁宁问呵,我如今怎向⑦。

[注释]

①艳景：美景。②欢赏：游乐观赏。③雕鞍：带有精美纹饰的马鞍，这里代指车马。④婵娟：光华皎洁的月亮。⑤指阳关孤唱：指即将出行西域，没有人相送，只有独自吟唱。阳关，古代通往西域的重要门户，在今甘肃敦煌西南。这里指《阳关曲》，为古时送别所唱之曲。⑥桃源路：通向世外桃源的道路。⑦怎向：奈何，怎奈。

[赏析]

这首词约作于宋绍圣四年(1097),表面上是在写艳情,实际上寄托了秦观的身世之感和思乡之愁,以男女相思情词写身世之感,这是秦观词常用的手法。秦观供职京师时,才华初露,曾度过一段快乐的时光,后陷入党籍之争,被一贬再贬。先后被贬到处州、郴州、横州、雷州等边远地区。

回首往事，今昔对照，种种愁思涌上心头。

上片以"乱花丛里曾携手，穷艳景，迷欢赏"开篇，回忆当年在京城游冶的快乐往事，那个时候真是美景无限，欢赏无穷。"到如今，谁把雕鞍锁定，阻游人来往"，如今却是良辰不再，好梦已远，人各天涯，早已没有了往日的欢笑，往事不堪回首，所剩下的只有"难留恋，空惆怅"，徒有悲伤而已。在秦观短短五十二年的人生旅途中，始终与愁相伴：闲愁、情愁、哀愁等种种愁思，这些成为秦观作品的词心。宋人惠洪在《冷斋夜话》中论秦词："少游钟情，故其酸楚。"

下片"叹玉楼、几时重上"，借"艳情"表达羁旅之愁。"那堪万里，却寻归路，指阳关孤唱"，则是融入身世之感，客居异乡，无人陪伴，只能独自在月光下吟咏。"苦恨东流水，桃源路、欲回双桨"，但是万里乡关阻隔，桃源之路渺茫，几乎到了穷途末路的境地，自己又该何去何从呢？"仗何人，细与丁宁问呵，我如今怎向"，没有人可以回答这个问题，作者除了迷茫，还是迷茫。龙榆生在其《苏门四学士词》中认为这首词"语意较少游其他作品为朴拙"，像"细与丁宁问呵，我如今怎向"这样的句子，"皆情深语浅，曲曲传出儿女柔情"，道出这首词在语言上的特点。

纵观秦观一生，仕途多舛，沉沉浮浮，以不得意时为多，正是如此坎坷不幸的经历，成就了一位优秀的婉约词人。他把事业无成的悲苦、感时伤己的离别以婉转幽深的笔触写出，情感真挚而细腻，让人感同身受，为其深深打动。

促拍满路花

露颗添花色①,月彩投窗隙②。春思如中酒③,恨无力。洞房咫尺④,曾寄青鸾翼⑤。云散无踪迹⑥,罗帐薰残⑦,梦回无处寻觅。　轻红腻白⑧,步步熏兰泽⑨。约腕金环重⑩,宜装饰。未知安否,一向无消息⑪。不似寻常忆。忆后教人,片时存济不得⑫。

[注释]

①露颗:露珠。②月彩:月光。③中酒:醉酒。④洞房:佳人的闺房。咫尺:形容距离很近。⑤青鸾翼:指书信。青鸾,传说中给西王母娘娘传递书信的青色凤鸟。⑥云散:指男女欢爱之后的离别。⑦罗帐薰残:指罗帐上还残留着芳香。⑧轻红腻白:形容容颜白里透红,这里指女子化妆所用的脂粉。⑨兰泽:用兰草制成的一种香膏。⑩约腕金环重:戴在手腕上的金饰感到有些沉重。⑪一向:许久。⑫存济:安顿,措置。

[赏析]

秦观是位多情的词人,他的词作多追忆爱情、友情,抒发羁旅之情。据史书记载,秦观"少豪隽,慷慨溢于文词,举进士不中。强志盛气,好大而见奇,读兵家书与己意合"。可见其年轻时颇有慷慨豪迈之气,喜看兵家之书,还是想在事业上有一番作为的。但是事与愿违,仕途不顺,因苏轼"乌台诗案"而卷入北宋新旧党争,从此波折不断,原有的豪情慢慢消失,成为一位追忆伤逝的词人。

在秦观众多词作中，有一类词被人称作"女郎词"，这类作品以情思绵长和细腻真挚见长，通过细节描写女子的神情体态，表达相思及闺怨之情。这首《促拍满路花》就属于这类作品，写作者在春天的静夜里黯然神伤，思念远方的恋人，浓墨重彩地渲染昔日情深，曾经的良辰美景在脑海中反复涌现，虽写艳情，间用俚语，但不失含蓄婉转之风。

上片"露颗添花色，月彩投窗隙"写春天的夜晚，晶莹的露珠在叶片上滚动着，盛开的繁花更加朦胧迷人，月光透过窗户的缝隙照进室内。"春思如中酒，恨无力"，眼前迷人的美景让人沉醉，如醉酒一样无力。"洞房咫尺，曾寄青鸾翼"，闺房近在咫尺，但曾青鸾传情的人却不见了，如今劳燕分飞，人各天涯，"云散无踪迹"。"罗帐薰残，梦回无处寻觅"，罗帐上还残留着淡淡的香气，曾经卿卿我我的场景再也无处寻觅，只有在梦里出现。

下片开始"忆"，忆往昔，忆佳人，自然不是寻常之"忆"。词中虽言"忆"，但没有实写，却是转来描写女子的情态，以有形写无形，以外貌写内心，别具一番情韵。"轻红腻白，步步熏兰泽"，女子皮肤白净，朱唇红润，走起路来，被兰泽芳香围绕着。"红"、"白"、"轻"、"腻"四字，将妙龄女子沉鱼落雁般的容貌生动传神地刻画出来，遣词酌句，十分精当，如此美貌的女子难怪让人倾倒，夜夜相思。"约腕金环重，宜装饰"，这位女子容颜娇美，带着华丽的手镯，懂得如何装扮自己，可谓"淡妆浓抹总相宜"。

然而"未知安否，一向无消息"，如此美貌的佳人却不知近况如何，音信全无，让人无法不牵肠挂肚。"不似寻常忆。忆后教人，片时存济不得"，自然这种思念不是一般的思念，越是回忆，就越是让人难以割舍，片刻也无法安宁，不知如何是好。寥寥几笔，写出作者内心极为复杂的心态，其中有伤感，也有惆怅，更有痛苦，正所谓"剪不断，理还乱，别有一番滋味在心头"。正如清人周济在《宋四家词选目录序论》一文中所说："少游……意在含蓄，如花初胎，故少重笔。"

长相思

　　铁瓮城高①，蒜山渡阔②，干云十二层楼③。开尊待月，掩箔披风④，依然灯火扬州⑤。绮陌南头⑥，记歌名宛转⑦，乡号温柔⑧，曲槛俯清流，想花阴、谁系兰舟。　　念凄绝秦弦⑨，感深荆赋⑩，相望几许凝愁⑪。勤勤裁尺素，奈双鱼、难渡瓜洲⑫。晓鉴堪羞⑬，潘鬓点、吴霜渐稠⑭。幸于飞、鸳鸯未老⑮，不应同是悲秋⑯。

[注释]

　　① 铁瓮：古城名，三国时孙权所筑，在今江苏镇江。② 蒜山：山名，在今江苏镇江城西。渡：蒜山边的西津渡口。③ 干云：高耸入云。④ 掩箔：放下竹帘。披风：站立风中。⑤ 灯火扬州：这里指望见扬州城灯火通明。⑥ 绮陌南头：华丽热闹的街市南边,隐指青楼。⑦ 歌名宛转：即《宛转歌》，载于郭茂倩《乐府诗集》。⑧ 乡号温柔：指温柔乡。⑨ 秦弦：相传秦朝蒙恬所改造的一种弦乐器。⑩ 荆赋：《楚辞》，此处指宋玉的《九辩》。古时楚称为荆。赋，辞赋。⑪ 凝愁：形容深切的悲苦。⑫ 尺素、双鱼：指书信纸笺。瓜洲：指瓜洲渡，在今江苏扬州南，为扬州到镇江的重要渡口。⑬ 晓鉴：早上起来照镜子。⑭ 潘鬓：双鬓初白。吴霜：比喻白发。⑮ 于飞、鸳鸯：成双成对的飞鸟和鸳鸯，这里代指夫妻。⑯ 不应：不必。悲秋：语出战国宋玉《九辩》："悲哉，秋之为气也。萧瑟兮，草木摇落而变衰。"

[赏析]

　　这首词大致作于秦观第二次科举考试失利闲居时。元丰五年(1082)春，秦观在京城应试，落第后游览洛阳，又到黄州去拜见苏东坡，在归途中经过镇江，有感而发，遂写下这首词。

上片一开始便描写镇江形胜，为读者展现了一派开阔壮丽的景象。"铁瓮城高，蒜山渡阔，干云十二层楼"，镇江古城高耸，西津渡口开阔，月夜清风，身在高楼，依稀可以望见扬州城内外十里灯火。随后追忆当年温柔乡里的种种风情，由此转入伤感之境。在"学而优则仕"的时代里，文人实现人生抱负只有走科举仕途这一条路，常常要背井离乡，赶考赴职。因交通不便，返乡之路往往显得格外漫长，常常是少小离家，直到满头白发才能返回故土。唐代诗人贺知章《回乡偶书》所写的正是这种羁旅生活后的乡关之情。思念故土是很多文人深沉的情感，也是中国古代文学的一个永恒主题。纵观秦观的词作，不少作品或直接或间接地写到扬州，可以说故乡扬州是解读秦观词作与心路历程的一把钥匙。

到下片，开始从一种常态的思乡之感转向抒写个人离别相思的愁怨，融入个人仕途不顺、怀才不遇的悲叹，由"念"字统领。"秦弦"、"荆赋"两个典故的连用，显然是有所指的，与秦观科举落第的境遇有着内在的契合，同时也丰富了全词的情感内涵。"相望几许凝愁"，将儿女之情融入"感深荆赋"的悲怀，虽然书信渡不过瓜洲，对镜理鬓，也发现白发渐多，好在鸳鸯未老，还有机会，就不必如此悲秋伤神吧，结尾故作旷达之语，正体现了作者此时的心境。

结合秦观的生平来看，虽然科举之路并不顺利，心中的理想无法实现，但他此时毕竟还年轻，故哀而不伤，情感表达很有节制。《四库全书总目提要》称秦观词"情韵兼胜，在苏、黄之上"，其词作语句流畅圆润，风格柔婉清丽，情景交融，将内心的情怀淋漓尽致地表达出来，这首词就体现了这一特点。明人徐渭在《淮海居士长短句》中有眉批，称这首词"出调高爽,不尚纤丽,词家正声";清人李调元《雨村词话》更是称赏秦观的词作"首首珠玑,为宋一代词人之冠",实则并非过誉之辞。

清人陈廷焯《白雨斋词话》云:"秦少游自是作手,近开美成,导其先路;远祖温、韦,取其神不袭其貌,词至是乃一变焉。然变而不失其正,遂令议者不病其变,而转觉有不得不变者。"大体是说,秦观是作词的高手,近开周邦彦之先路,对其有较大影响;远学温庭筠、韦庄,取其神韵而不是简单模拟,词到秦观为之一变。但是他的变并不失去词的正格,这就让那些质疑者无法诟病其变,转而觉得不得不这样变。秦观借径柳永,擅填长调慢词,但他并非简单模仿,而是在柳永以赋入词手法的基础上,进行了更多的锤炼和升华,使慢词逐步走向成熟,这也是欣赏这首词时可以体会到的。

满庭芳
(其一)

山抹微云,天连衰草,画角声断谯门①。暂停征棹②,聊共引离樽③。多少蓬莱旧事④,空回首、烟霭纷纷⑤。斜阳外,寒鸦万点,流水绕孤村。　销魂⑥,当此际,香囊暗解⑦,罗带轻分⑧。谩赢得青楼、薄幸名存⑨。此去何时见也,襟袖上⑩、空惹啼痕⑪。伤情处,高城望断,灯火已黄昏。

[注释]

① 画角:古时军中所用的吹奏乐器,上面涂成彩色。谯门:古时建在

城门上的瞭望楼,用以观察敌情。②征棹:指行舟。③引离樽:离别时一起举杯饮酒。引,持,拿,这里有连续之意。樽,酒器。④蓬莱:在今浙江绍兴。通常指传说中海上的仙山。⑤烟霭:指云雾。⑥销魂:形容极其欢乐。⑦香囊:装有香料的小袋子,古人佩戴在身上的一种饰物。⑧罗带:丝织的带子。轻分:轻轻解下。⑨谩(màn):通"漫",徒然。薄幸:薄情。唐杜牧《遣怀》:"十年一觉扬州梦,赢得青楼薄幸名。"⑩襟袖:衣袖。襟,衣服的前幅。⑪啼痕:泪痕。

[赏析]

这首词是宋元丰二年(1079)岁末秦观离开会稽时所作,据宋人胡仔《苕溪渔隐丛话后集》卷三三所引严有翼《艺苑雌黄》记载:秦观离开会稽时,在宴席上结识并爱上了一位歌女,以词赠之。

这首词在写法及风格上与柳永的《雨霖铃》颇为类似,据说秦观入京拜见苏轼时,苏轼曾指出这一点:"不意别后,公却学柳七作词。"意思是说:没有想到我们分别之后,你却学习柳永填词的手法。这首词从离别氛围的铺陈到构思、句法,都可以看到柳永词的一些影响。不过苏轼虽然对秦观学习柳永不大满意,但对这首词还是相当欣赏的,并"取其首句,呼之为'山抹微云君'"(严有翼《艺苑雌黄》)。

这是秦观最为有名的代表作之一,虽是在写与一位歌妓的恋情,但同时又融入自己的身世之感,正如清人周济在其《宋四家词选》中所云:"将身世之感,打并入艳情,又是一法。"整首词遣词造句,极为讲究,意新语工,自然清新,婉转含蓄。

上片"山抹微云,天连衰草",起笔不凡,仅凭这个对句,便足以流芳词史。山被微云围绕,草与天际相接,"抹"、"连"两个词以动写静,将这种开阔苍茫的景象传神地摹写出来，用字极为考究、贴切。围绕高山的云是"微"云，与天际相接的草是"衰"草，虽是从大处着眼，但落笔却很细微。"连"字有的版本作"粘"。这两句词在宋时就已广为流传，据叶梦得在其《避暑录话》中介绍："'山抹微云，天粘衰草'，尤为当时所传。""画角声断谯门"，傍晚的城楼上响起了令人断肠的画角声，寥寥数语，短短十四字，便勾勒出一幅极目天涯、苍凉伤感的画面。

随后，作者笔锋一转，由远及近，描写情人分别的场景。两人"共引离樽"，"多少蓬莱旧事"，回首已成虚空。词人并没有浓笔渲染，而是点到为止，语在言外，笔触很是空灵，正如俞陛云所云："作者用拓宕之笔，追怀往事，局势振起，且不涉儿女语而托之蓬岛烟云，尤见超逸。"（《唐五代两宋词选释》）"斜阳外，寒鸦万点，流水绕孤村"三句化用隋炀帝诗句"寒鸦千万点，流水绕孤村"，即景生情，用语精妙，写出断肠人远在天涯的境况，与元代马致远《天净沙》的"小桥流水人家，枯藤老树昏鸦"有异曲同工之妙。晁补之曾这样称赞这三个词句："比来作者，皆不及秦少游。如'斜阳外，寒鸦万点，流水绕孤村'，虽不识字人，亦知是天生好言语也。"（赵令畤《侯鲭录》）

下片由"销魂"领起，营造了一种凄迷感伤的意境。欢娱的时光总是短暂的，"当此际，香囊暗解，罗带轻分"，很快便到了"香囊"相赠、"罗带轻分"的分别时刻。"谩赢得青楼、薄幸名存"一语系化用唐人杜牧的诗句"十年一觉扬州梦，赢得青楼薄幸名"，自然会让人想到十年一梦的感叹。接下来写分别之后的相思，如此一别，不知道何时才能相见，啼痕还留在襟袖上，但人已远在天涯。灯火在黄昏时分亮起，站在高楼上怅望，除了苍茫的暮色，还能看到什么呢？言已尽，而韵味无穷。

这首词使用了"揉直使曲"的手法。所谓"揉直使曲"，袁枚在其《续诗品·取经》中有准确形象的说明："揉直使曲，叠单使复。山爱武夷，为游不足……一览而竟，倦心齐生。"大致是说，作诗要把直的揉成弯的，把单一的变成复式的，就像浏览武夷山一样，如果一眼就把景色看完，就会产生厌倦之心。他在其《随园诗话》中也曾说过类似的话："凡作人贵直，而作诗文贵曲。"是说做人贵在正直，但诗文的创作重在婉曲。袁枚讲的虽然是诗文，但用在词上也是十分贴切的。其实，这也是中国古代文学创作的一个传统。比如孔子就曾说"情欲信，辞欲巧"（《礼记·表记》），意思是说，情感要真实，但语言表达要巧妙。据上所述，"揉直使曲"就是指词不要过于直白，要婉约含蓄，留给读者回味的余地。具体到这首词，所写不过男女的分别，如果用直白的话，一两句就可以说清楚，但是词人使用了"揉直使曲"的手法，先从景物写起，以苍凉伤感的画面奠定全词的基调，并不说悲，但悲情可感。词人并没有详细描写这对恋人分别的细节，但那种伤感、哀婉的氛围是可以分明感受到的。到词的结尾，仍是写景。情感指向是清楚的，但并不明说，留给读者很大的想象与回味空间。

满庭芳

（其二）

红蓼花繁①，黄芦叶乱②，夜深玉露初零③。霁天空阔④，云淡楚江清⑤。独棹孤篷小艇⑥，悠悠过、烟渚沙汀⑦。金钩细⑧，丝纶慢卷⑨，牵动一潭星。　　时时，横短笛，清风皓月，相与忘形⑩。任人笑生涯⑪，泛梗飘萍⑫。饮罢不妨醉卧，尘劳事⑬、有耳谁听。江风静，日高未起，枕上酒微醒。

[注释]

①红蓼：生长在水边的一种草本植物，花为淡红色。②黄芦：芦苇。③玉露初零：露珠开始掉下来。玉露，指秋露。④霁天：雨后初晴的天气。⑤楚江：湖南的潇江或湘江，这里泛指楚地的江河。⑥棹：划船的桨，这里指划船。⑦烟渚：烟雾笼罩的水洲。沙汀：水边沙滩。⑧金钩：钓鱼钩。⑨丝纶慢卷：慢慢收起钓鱼线。⑩忘形：不拘形迹。⑪生涯：生活。⑫泛梗飘萍：四处漂泊，居无定所。⑬尘劳事：扰乱身心的俗事。

[赏析]

陈廷焯在其《词则》中曾这样评价秦观的这组作品："《满庭芳》诸阕，大半被放后作。恋恋故国，不胜热中。其用心不逮东坡之忠厚，而寄情之远，措词之工，则各有千古。"意思大致是说，《满庭芳》诸词大多是秦观被贬谪之后所写，眷恋故国，沉迷其中。他用心不及苏轼之忠厚，但寄情深远，措辞精工，与苏轼词作各具特色，并可流传千古。这首词系秦观被贬谪之后所作，写出其寄情山水、物我两忘的情怀，道家的出世之思、佛家的随缘思想都可以在这首词里找到印迹。

词的上片从"红蓼花繁，黄芦叶乱，夜深玉露初零"开始，描绘了一幅秋夜独钓图：正值清秋时节，蓼花盛开，芦苇泛黄，露珠从叶片上滚落下来。"霁天空阔，云淡楚江清"，词人此刻泛舟江上，夜深寂静，云淡天高，周围的一切让他忘记种种尘世间的悲苦。"金钩细，丝纶慢卷，牵动一潭星"，以"一潭星"三字来描绘水面上的粼粼细波，十分贴切传神。

下片展现了作者悠然自得、心无增减的旷达态度，既寓有哲理，又富含深意。这是一种飘逸潇洒的状态，也是词人所描摹的一幅隐逸遁世图，当然这里的世外桃源并非实写,更多是一种写意,是作者心绪的体现。"任人笑生涯,泛梗飘萍"一语点出了自己所处的不幸境况,比喻个人的生活像浮萍那样漂泊不定。好在此刻的作者已经看开了,"饮罢不妨醉卧",至于那些"尘劳事",哪还有心思理会,难得作者如此旷达,"日高未起,枕上酒微醒"。至于睡醒之后如何,留给我们很多回味的余地。

俗话说:人生在世,不如意事十常八九。在宋代,像秦观这样壮志难酬、仕途不顺的人还有不少,比如苏轼、辛弃疾等,每个人的境遇都不同,他们面对困境的心态也就各异,体现在文学创作中,苏轼出之以旷达,辛弃疾出之以豪放,秦观则出之以悲惋,这是由他们的性格、气质所决定的,更多是风格之别,并没有高下之分。这首词则表现出秦观性格的另一面,尽管内心有无限的悲怨,但他还是尽量排解,显出旷达的一面,对秦观来说,这是很可贵的。

明人李攀龙在《草堂诗余隽》中对该词有这样的评价:"'一丝牵动一潭星',惊人语也。眠风醉月渔家乐,洵不可谖。……值秋宵之景,驾一叶扁舟于凫渚鹤汀之中,潇洒脱尘,有嚣嚣然自得之意。"意思大致是说:一丝牵动一潭星,这是让人惊叹的妙语,眠风醉月渔家乐,真是令人难忘。正当秋夜,在凫渚鹤汀之中驾一叶扁舟,可谓潇洒脱尘,有悠然自得的意味。总的来说,秦观写得如此超然旷达的词作并不多,他的作品更多还是伤心之作。

满庭芳
（其三）

碧水惊秋①，黄云凝暮，败叶零乱空阶。洞房人静，斜月照徘徊。又是重阳近也②，几处处、砧杵声催③。西窗下，风摇翠竹，疑是故人来④。　伤怀，增怅望，新欢易失，往事难猜。问篱边黄菊，知为谁开。谩道愁须殢酒⑤，酒未醒、愁已先回。凭阑久，金波渐转⑥，白露点苍苔。

[注释]

① 惊秋：惊觉秋天来到。② 重阳：重阳节，农历九月初九，此日人们多登高饮酒。③ 砧（zhēn）杵声：捶洗衣服的声音。④ 西窗下，风摇翠竹，疑是故人来：语出蒋防《霍小玉传》："母谓曰：'汝尝爱念"开帘风动竹，疑是故人来"。'"⑤ 谩道：徒说。愁须殢酒：忧愁时以酒消愁。殢，沉溺。⑥ 金波：比喻月光。

[赏析]

南宋词人张炎在其《词源》中称赞秦观的词"体制淡雅，气骨不衰，清丽中不断意脉，咀嚼无滓，久而知味"。既指出了秦观词的特点，也点明了欣赏秦观词的方法。这首词以离别怀旧为主题，体现了秦观词善于将身世之感打入艳情的特点。此类词作在秦观的作品中虽然为数不少，情感基调相似，但各有不同的写法，这首词以含蓄婉转的笔调借景抒情，受到不少人的称许。

上片开头"碧水惊秋，黄云凝暮，败叶零乱空阶"三句，用词精妙，呈现出一派凄凉萧飒的秋天景致：碧水反射着寒光，浓云聚集为暮色，空旷的石阶上凌乱地散布着残枝败叶，伤感寂寞的心境透过精心刻画的冷色调显露出来。随后，由远及近，从物到人，又是一幕凄清哀婉的场景，更深一步写出人物内心的悲秋之情：寂静的闺房、斜月下徘徊的身影、断断续续的砧杵声。景物的色彩尽管是丰富的，但没有情感，因而也是单调的。"西窗下，风摇翠竹，疑是故人来"，晚风中，西窗下翠竹摇曳，似乎传来敲打窗帘的声音，好像故人来到了。清人黄苏在其《蓼园词选》中评道："'风摇'二句，写得蕴藉，非故人也，风也，能弗黯然？"

下片"伤怀，增怅望"数句直抒胸臆，写出郁结心中的落寞。"问篱边黄菊，知为谁开"，是啊，良朋佳人不在，黄菊到底为谁而开呢？问得令人心酸。重阳注定是个思念的日子，秋天的寒夜，孤身一人飘零在外，只能借酒浇愁。但是"酒未醒、愁已先回"，借酒浇愁，只会愁上加愁。愁在酒先，令人无法排解。此处写愁，想象奇特，颇有新意。词人凭栏远眺，他看能到什么呢？只能是更有寒意的"白露点苍苔"。

词人以"惊秋"之感写"故人"之思，明人李攀龙在《草堂诗余隽》中称这首词"托意高远，措词洒脱，而一种秋思，都为故人。辗转诵者，当领之言先"。秦观的长调慢词兼有小令幽微隽永的韵味，这是淮海词一贯的风格。

江城子

（其一）

西城杨柳弄春柔①,动离忧②,泪难收。犹记多情,曾为系归舟③。碧野朱桥当日事④,人不见,水空流。　韶华不为少年留⑤,恨悠悠,几时休?飞絮落花时候、一登楼。便做春江都是泪⑥,流不尽,许多愁。

[注释]

①西城:汴京城西,为金明池所在,此地有很多杨柳。宋王安石《钟山即事》:"竹西花草弄春柔。"②离忧:忧愁,忧伤。③"犹记"二句:此处使用拟人手法,谓杨柳多情地牵绕归船。④碧野朱桥:碧绿的田野、朱红的小桥,这里指游赏之地。⑤韶华:青春年华。⑥便做:即使。

[赏析]

这首《江城子》与《望海潮》(梅英疏淡)当为同时之作,抒写词人绍圣元年(1094)春出京时的离忧别愁。

上片由"西城杨柳弄春柔"起句,写词人对快乐往事的回忆。一个"弄"字活画出杨柳在春风中摇曳多姿的婀娜形态,生动传神,可见词人炼字之功。对炼字的重视也是古人的一个创作传统,如唐人卢延让《苦吟》诗中就有"吟安一个字,捻断数茎须"之说,贾岛"推敲"之事更是被后人传为佳话,这些说的都是诗歌的创作。词的演进也有一个渐进的过程,炼字对词作质量来说无疑是一种提升,在这一方面,秦观是有贡献的。接下来由柳色而伤春,引出"动离忧,泪难收",点出"忧"字。"犹记多情,曾为系归舟。碧野朱桥当日事,人不见,水空流。"此处所写的杨柳已不是普通的杨柳,它见证了这里曾经发生的离情别恨。一切仿佛还在昨天,但眼前已经是"人不见,水空流"的寂寥景象。

下片"韶华不为少年留"直抒胸臆,感叹韶华难留、稍纵即逝的无奈和悲苦。"恨悠悠,几时休",飞絮落花时节登楼伤春,自然是无限留恋,"忧"、"泪"、"恨"、"愁"四个字层层递进,将水流、泪水合成一江春水,"流不尽,许多愁",言有尽而情不断。结尾三句写愁,写到极致,与南唐李后主《虞美人》"问君能有几多愁?恰似一江春水向东流"有异曲同工之妙。

这首词虽是写艳情,实则有着更深的寄托,非仅仅男女分别之情所能概括,特别是"韶华不为少年留"一句,意味深长,耐人深思。在秦观之前,晏殊、欧阳修擅写闲雅之词,柳永风韵独到,但失之浅白世俗,苏东坡开豪放词之风,秦观的感伤词则回到小词的本色,以柔婉的词风传达文士的心绪,将身世之感融于作品。

近代词家赵尊岳在《填词丛话》中说"淮海即好丽字,触目琳琅",称道秦观用字之妙,读这首词时,可细细体会这一点。

江城子
(其二)

南来飞燕北归鸿①,偶相逢,惨愁容。绿鬓朱颜②,重见两衰翁③。别后悠悠君莫问,无限事,不言中。　小槽春酒滴珠红④,莫匆匆,满金钟⑤。饮散落花流水、各西东。后会不知何处是,烟浪远,暮云重。

[注释]

①南来飞燕:词人比拟自己。北归鸿:指苏轼自琼州北还。这句话是说朋友飘然不定。②绿鬓朱颜:比喻那时正当青春年少。③重见两衰翁:这里指苏轼与秦观,两人再次相见时都已苍老了许多。④小槽:榨酒的工具。春酒:美酒。此句化用唐李贺《将进酒》诗句:"小槽酒滴真珠红。"⑤金钟:盛酒的杯子。

[赏析]

这首词是秦观被贬雷州期间所写,此时刚刚即位的宋徽宗下诏大赦天下,那些因党争被流放的大臣纷纷应召回京,苏轼也从海南返回汴京,途中师徒二人在雷州相见,久别重逢,固然令人欣喜,但已是历经沧桑,岁月无情,让人唏嘘不已。这首词以离情别愁为基调,写出朋友离别之后的痛苦和无奈,流露出对真挚友情的渴望,字里行间充满了忧愁。

上片开头"南来飞燕北归鸿,偶相逢,惨愁容"三句,似化用乐府《东飞伯劳歌》"东飞伯劳西飞燕,黄姑织女时相见"之语,以燕、鸿起兴,写出朋友彼此分离、各自飘零的境况。"北归鸿"当是指苏轼受特赦后,从荒芜的海南岛返回汴京。"偶相逢,惨愁容",与老友相见,各自经历了很多波折和不幸,彼此相看,愁容满面,少了一些欣喜,多了几分沧桑。"绿鬓朱颜,重见两衰翁",这种沧桑写在各自的脸上,曾几何时,大家"绿鬓朱颜",风华正茂,如今再次相见,早已两鬓如雪,唯有两衰翁而已。"别后悠悠君莫问,无限事,不言中",此生能得相见,已属万幸,至于贬谪流放期间遭受的苦楚，彼此都不要再提起，往事悠悠，一切尽在不言中。

下片"小槽春酒滴珠红，莫匆匆，满金钟"，相逢虽然短暂，毕竟是件值得庆贺的事情。时光易逝，就把酒杯倒满，畅饮一次吧。"饮散落花流水、各西东。后会不知何处是，烟浪远，暮云重"，喝完这杯酒后，大家又要各奔东西，后会难期，不知何时才能相聚，眼前暮霭重重，如同这局势，谁也无法预测明天会发生什么，前途一片迷茫。

陈廷焯在其《词则·别调》中评价这首词"亦疏落，亦沉郁"，点出了词人颇为复杂的心态。短暂的相聚带给词人的并不是意想中的欢乐，而是经历风雨后的沧桑，是对未来、对人生不可捉摸的悲伤和失意。全词以离愁写相聚，可谓别出心裁。

苏轼在《与侄书》中说："凡文字，少小时须令气象峥嵘，彩色绚烂。渐老渐熟，乃造平淡。其实不是平淡，绚烂之极也。"秦观的词作就是如此，其早年作品较为华丽，被人批评铺陈过多。在经历多次打击与坎坷后，其文字风格发生变化，与阅历形成一种内在的关联，慢慢趋于平淡，感情淡淡的，思绪淡淡的，放眼看世界，似乎都是淡淡的景象，词人的感情也更为含蓄、深沉。

江城子
（其三）

枣花金钏约柔荑①，昔曾携②，事难期。咫尺玉颜，和泪锁春闺③。恰似小园桃与李，虽同处，不同枝。　　玉笙初度颤鸾篦④，落花飞，为谁吹。月冷风高，此恨只天知。任是行人无定处，重相见，是何时？

[注释]

① 枣花金钏:镂刻有枣花图案的金镯子。约:戴。柔荑(tí):嫩白的草芽,这里指女子纤嫩白皙的双手。《诗经·硕人》:"手如柔荑。"② 昔曾携:曾经携手相会。③ "咫尺"二句:意思是相爱的人虽然就在身边,却被深锁春闺,无法相见。玉颜,指佳人。④ "玉笙"句:意思是女子吹奏玉笙的时候,头上佩戴的鸾篦微微颤动。玉笙,古代一种玉制的簧管乐器。度,吹奏。鸾篦(bì),带有鸾凤图形的梳篦,古时女子头上的一种装饰品。

[赏析]

江淹《别赋》云:"黯然销魂者,唯别而已矣。"人生短暂,聚散难凭,离别之苦、相思之情,往往最为动人心魄。表现离别相思的作品在秦观词作中占有较大的比重,其中有不少写得哀而不伤,情韵兼胜。秦观感觉敏锐,善于从细微处入手,写出人物内心纤细复杂的情感,这首词就体现了这一特点。

上片"枣花金钏约柔荑,昔曾携,事难期"三句,一开始就是女子双手的特写:纤嫩白皙,手腕上还戴着一副精致的镯子。就是这双手,词人曾与之相携,共度佳期。但是世事难料,未必尽如人意。"咫尺玉颜,和泪锁春闺",彼此虽近在咫尺,却无法相见。佳人深锁春闺,陪伴她的只有不断流下的泪水,内心深处有多少无奈和痛苦。"恰似小园桃与李,虽同处,不同枝",两人如同园中的桃李,虽都是生长在园子里,却无法成为"连理枝"。

下片"玉笙初度颤鸾篦,落花飞,为谁吹",同样是一幅特写,从手写到面容:月冷风高的寒夜,佳人在楼头吹起玉笙,如泣如诉,头上佩戴的鸾篦随着乐声在微微颤动着,落花片片飘落……没有一个字在说思念,却字字写满相思,词人对细节的刻画准确传神,可谓入木三分,描绘的虽是外貌,写出的却是人物的内心,以形写神。"月冷风高,此恨只天知。任是行人无定处,重相见,是何时",如此刻骨铭心的相思之痛又有谁能明白呢?人在江湖,身不由己,居无定所,此生要想再见,不知道会是何时。词的结尾给读者留下想象空间,也留下了无限的回味余地。

近代词家冯煦在《宋六十一家词选·例言》中说:"淮海、小山,古之伤心人也。其淡语皆有味,浅语皆有致。"淮海是指秦观,小山是指晏几道,两人都是古之伤心人,他们作品中的语句都是恬淡而有韵味,浅白而有情致。当代女诗人沈祖棻在《唐人七绝诗浅释》一书中曾说过这样的话:"我们在探索作家们的传承关系时,性格这一因素不应当放在考虑范围之外。"解读秦观的词作也当作如是观。

满园花

一向沉吟久①,泪珠盈襟袖。我当初不合、苦搇就②。惯纵得软顽③,见底心先有④。行待痴心守⑤,甚捻著脉子⑥,倒把人来僝僽⑦。 近日来、非常罗皂丑⑧,佛也须眉皱⑨。怎掩得众人口。待收了孛罗,罢了从来斗⑩。从今后,休道共我,梦见也、不能得勾⑪。

[注释]

① 一向:一味,一意。沉吟:思量,犹豫。② 不合:不该。苦搇(ruán)就:

太过迁就。③惯纵:纵容。软顽:撒娇。④见底:见什么。⑤行待:打算。⑥甚:怎么。捻(niǎn)著脉子:医生用手给病人把脉,这里指猜到了心病。⑦僝僽(chán zhòu):怄气,责骂。⑧罗皂:吵闹纠缠。丑:厌恶,反感。⑨"佛也"句:意思是即便慈悲的佛祖也无法忍受。⑩"待收"二句:当为宋时的俗语,意思是断了想头和关系,从此分手。字罗,用柳条或竹篾等编制的箩筐。⑪不能勾:不能够。勾,通"够"。

[赏析]

　　北宋时期,经济繁荣,社会富庶,民间文艺也获得了较大的发展。在勾栏瓦舍间,戏曲、平话、杂耍及歌舞等如百花盛开,争奇斗艳。这一时期,一些文人受到民间文艺的影响,以世俗俚语入词,以俗为美,写出一批别具风味的词作,柳永就是其中较为典型的一个。正如近人夏敬观在《手批山谷词》中所言:"以市井语入词,始于柳耆卿。"柳永的作品多为青楼歌女所作,将词世俗化,其词作朗朗上口,流传甚广,"凡有井水饮处,即能歌柳词"。柳永之外,欧阳修、黄庭坚等人也写过类似风格的作品。

　　秦观填词曾受到柳永的影响,尝试以世俗俚语来抒发男女之情。这首词以俗语写艳情,体现了秦观词作的另一面。龙榆生在《苏门四学士词》中推测这首词"必为少年应歌之作",还是很有道理的。

　　这首词刻画了一对相恋中的男女相互斗嘴较劲的过程,使用了不少当时的俗语,生动活泼,富于戏剧色彩,充满生活情趣,与当时流行的杂剧颇为相似。如明段斐君本《淮海居士长短句》就指出该词"浑似元人杂剧口吻"。这一时期也是戏曲的形成期,演出频繁,影响广泛,秦观此类词作是否从戏曲中获得启发,也是一个值得关注的问题。

　　词在北宋的演进,实际上有两条途径:一条是雅化,日益精致典雅;

另一条则是俗化,在艳科的基础上继续走世俗的路子,走向市井民巷。秦观的这首词体现着后一种走向,由此也可看出秦观词作的丰富性。

这类词看起来比较浅俗,但并不容易写,把握不好分寸,很容易失之油滑,变成了低俗。正如清人沈谦在《填词杂说》中所言:"秦少游'一向沉吟久',大类山谷《归田乐引》,铲尽浮华,直抒本色,而浅人常以雕绘傲之。此等词极难作,然亦不可多作。"意思是说:秦观的词作"一向沉吟久",很像黄庭坚的《归田乐引》,尽除浮华,直抒胸臆,是本色之语,那些肤浅者常夸其描绘形象。此类词作很难写,也不可多写。

总的来说,秦观这首词虽然浅近通俗,但分寸的把握还是比较到位的,读起来别有韵味,正如明人沈际飞在《草堂诗余别集》中所评:"语不经,却津津然。"卓人月也认为该词"鄙野不经之谈,偏饶雅韵"。

迎春乐

菖蒲叶叶知多少①,惟有个、蜂儿妙。雨晴红粉齐开了②,露一点、娇黄小③。　　早是被、晓风力暴④。更春共、斜阳俱老。怎得香香深处⑤,作个蜂儿抱⑥?

[注释]

① 菖(chāng)蒲:一种水边生长的草本植物。夏天开花,呈淡黄色。相传汉武帝上嵩山,梦见仙人指引他食菖蒲可以长生不老。后多以菖蒲为吉祥多福之物。② 红粉:红白色的花朵。③ 娇黄小:菖蒲的花。一说指蜜蜂,色黄而小。④ 晓风力暴:风猛烈地吹。⑤ 香香:花香。⑥ 蜂儿抱:像蜜

蜂一样抱花采蜜。

[赏析]

  这首词与上首《满园花》一样，以方言俚语入词，言语活泼，质朴清新，别具风味。这是秦观早期创作的艳词，但艳而不滥，有着民歌般的鲜活，却又不失之油滑。秦观既擅长文人之作，也创作供歌妓演唱的俗曲，体现了北宋词人创作的一种风尚。本书前面已经提到，宋代的文人多有与歌妓交往者，如柳永、苏轼、黄庭坚等，其中有不少词作是应歌妓之求而写，或者是送给喜爱的歌妓的，这类作品在宋词中占有相当的分量。这也是当时文人生活的一个写照，秦观的这首词颇能体现这一创作风尚。

  上片"菖蒲叶叶知多少，惟有个、蜂儿妙。雨晴红粉齐开了，露一点、娇黄小"，描写春天里一派花繁蜂忙的气象：雨晴红粉齐开的季节，到处都是蜜蜂飞舞的身影，它们忙着采集花粉，只能看到一点"娇黄小"，活化蜜蜂的形态，很是逼真。下片"早是被、晓风力暴。更春共、斜阳俱老"，同样用俚语，写出对春天的沉迷和留恋，一句"更春共、斜阳俱老"，意味深长。"怎得香香深处，作个蜂儿抱"，更是一语双关，既有艳词的特点，又不是那么直白。即便如此，还是受到了一些人的批评，如沈雄《古今词话》便认为这是"谀媚之极，变为秽亵"。全词表面上处处在写春天，实则处处是写春天里的人，言此而及彼，读起来富有趣味，正如《草堂诗余》所云："巧妙微透，不厌百回读。"

  整首词音节和谐，朗朗上口，宋人叶梦得在《避暑录话》中曾专门谈及此："秦观少游亦善为乐府，语工而入律，知乐者谓之作家歌，元丰间盛行于淮楚。"秦观精于音律，他的词既有文人之雅致，同样也适合演唱，因此在当时被广为传唱。

元祐之前，秦观的创作以俗和艳为特色，走的是柳永词风，其作品较为流行。但这也给他带来了不少麻烦，成为被人攻击的把柄，并与新旧党派之争纠缠在一起，这恐怕也是他当初没有想到的。

鹊桥仙

纤云弄巧①，飞星传恨②，银汉迢迢暗度③。金风玉露一相逢，便胜却人间无数④。　柔情似水⑤，佳期如梦⑥，忍顾鹊桥归路⑦。两情若是久长时，又岂在朝朝暮暮⑧。

[注释]

①纤云：形容云朵细密纤小。弄巧：形容云朵变幻莫测，形态各异。这里用"巧"字点出七夕这个节日，七夕节又名乞巧节，在农历七月初七，自古民间就有七夕乞巧的风俗。②飞星传恨：飞越银河的流星似乎在替牛郎、织女传达离别之恨。③银汉：银河。迢迢：遥远。暗度：传说七夕这一天，牛郎和织女会越过银河相见团聚。④"金风"二句：意思是牛郎、织女虽然一年只能相见一次，但他们的感情却胜过那些朝夕共处的世俗男女。金风，秋风。玉露，晶莹如玉的露珠。唐李商隐《辛未七夕》："由来碧落银河畔，可要金风玉露时。"⑤柔情似水：比喻情感温婉如水。⑥佳期如梦：指牛郎、织女的相会犹如梦境一般。⑦忍顾：不忍回顾。鹊桥归路：传说七夕那天，喜鹊会搭一座桥来帮织女过银河去和牛郎相会。⑧朝朝暮暮：指每日每夜，时时刻刻。

[赏析]

牛郎织女的爱情故事渊源甚早，历代吟咏这一题材的文学作品也很多，早在《古诗十九首》中就有"迢迢牵牛星"之句，曹丕《燕歌行》云："牵牛织女遥相望，尔独何辜限河梁。"唐人杜牧《秋夕》亦有"天阶夜色凉如水，卧看牵牛织女星"这样的名句。宋词中也有不少吟咏七夕的佳作，如柳永的《二郎神》（炎光谢）、张先的《菩萨蛮》（牛郎织女年年别）、苏轼的《渔家傲》（皎皎牵牛河汉女）等，相比之下，秦观的"两情若是久长时，又岂在朝朝暮暮"当是其中传唱最广的。这首《鹊桥仙》是秦观最为知名的作品之一，也是最能体现其词风的作品之一。

上片开篇"纤云弄巧，飞星传恨"，以工整的对句写出七夕之夜的特定情境，既是在描绘夜空的景色，同时又将纤云与织女之巧、飞星与牛郎之恨串联起来。"银汉迢迢暗度"点明两人相距的遥远、相聚的艰难。随后词人笔锋一转，写出新意。"金风玉露一相逢，便胜却人间无数"，"金风玉露"指牛郎织女的相逢，尽管一年只有一次，也胜过尘世间一些男女的朝夕共处。何以如此？此处没有明言，为全词的结尾做了铺垫和烘托。

下片"柔情似水，佳期如梦"承上启下，既写出牛郎、织女之间绵长的深情，也写出两人相聚的短促。这种如梦一般的佳期如此短暂，又怎忍心回首去看那座鹊桥呢？看到此处，一股悲情涌上心头。读者还没来得及悲伤，词人笔锋陡然一转，"两情若是久长时，又岂在朝朝暮暮"，展现出一个全然不同的新境界，同时也回应了上片结尾留下的问题，翻意出新，用语精妙，正如清人黄苏在《蓼园词选》中所评："化腐朽为神奇。凡咏古题，须独出心裁，此固一定之论。"即便天天生活在一起，但如果没有刻骨铭心的感情，同床异梦，了无生趣，这样的朝夕相处又有什么意思呢？彼此思念，相互牵挂，即便是一年一见，也是值得的。只要感情天长地久，又何必在意一时一刻的缠绵！在那个时代里，对爱情能有如此深刻、豁达的理解，在现在来看也是高尚和洒脱的。

这首词是秦观被贬谪之后所作，立意新颖高远，别具一格，读来跌宕起伏，回味无穷。当代女诗人沈祖棻在其《宋词赏析》一书中这样评价这首词："上、下片的结句，都表现了秦观对于爱情的不同一般的看法，他否定了朝欢暮乐的庸俗生活，歌颂了天长地久的忠贞爱情，这在当时，是难能可贵的。"这一评价还是比较到位的，它将秦观词作与一般的艳词区别开，点出秦观思想与创作的独到之处，这是欣赏秦观情词时需要注意的。

菩萨蛮

虫声泣露惊秋枕①，罗帏泪湿鸳鸯锦②。独卧玉肌凉③，残更与恨长。　阴风翻翠幔④，雨涩灯花暗⑤。毕竟不成眠⑥，鸦啼金井寒⑦。

[注释]

① 虫声泣露：秋虫因霜露而泣鸣。惊秋枕：听到秋虫鸣叫，躺在枕上的人忽惊觉秋天来了。② 罗帏：罗幕。鸳鸯锦：绣有鸳鸯的锦被。③ 玉肌：指女子的皮肤白皙如玉。④ 阴风：寒风。翠幔：翠绿的帷幕。⑤ 雨涩：形容阴雨绵绵，让人感到阴冷愁苦。⑥ 毕竟不成眠：此处化用北宋柳永《忆帝京》词句："毕竟不成眠，一夜长如岁。"⑦ 金井：带有雕栏的井。

[赏析]

纵观秦观一生词作，以写女性的居多，在他人生的不同阶段，笔下所呈现的女性面貌存在着很大的差异，这与秦观生存境况、仕宦生涯、思想情感的变化有关。在闲居家乡高邮、未中进士之前，秦观笔下的女性往往光彩夺目，天真娇美。但是随着他离开家乡，步入仕途，其人生也就走上了一条坎坷之路。先是举业屡屡失败，好不容易得中进士，经苏轼推荐被召入京，不久就成为党争的牺牲品，在夹缝中生存，这让他早早认识到仕途的多变和风险。往日的倜傥豪迈转变为忍让退避，笔下的女性形象也从天真烂漫变为困苦幽思，借女性的苦闷表达内心的压抑。绍圣元年（1094），宋哲宗执政，元祐旧党被打压，秦观被一贬再贬，多次流放，漂泊各地，他在这个时期所写的女性大多独守空房，凄凉悲苦。这首词即是秦观最后一个阶段的作品。

上片首句"虫声泣露惊秋枕，罗帏泪湿鸳鸯锦"，为读者展现了一幅凄清悲凉的画面：寒冷的秋夜里，女子孤身一人卧听秋虫悲鸣，难以入眠，眼泪打湿了枕巾和锦被。"独卧玉肌凉，残更与恨长"，寒冷的不仅仅是身体，还有心灵。如同漫漫残夜，残夜的时间有多长，怨恨就有多少。将怨恨的程度用时间来衡量，化无形为有形，具体可感，可谓妙笔。

下片"阴风翻翠幔，雨涩灯花暗"，以景写人，以阴冷灰暗的场景衬托人物内心的悲凉。昏暗的灯光下，寒风吹动着幕帘，细雨绵绵。"毕竟不成眠，鸦啼金井寒"，如此凄清的夜晚是无法入眠的，几声鸦啼，带来阵阵寒意。《古今词统》云："'毕竟'二字，写尽一夜之辗转。"

这首词表面看起来写得很实，实则写得很虚。从"实"着手，秦观精细地描绘了一幅怨女秋夜无眠图；说"虚"，是因为词人没有交代这位女子到底是谁，她为何如此悲伤，是在思念远方的情人，还是被无情地抛弃？所有这些都给读者留下了很大的想象空间。俞陛云在其《唐五代两宋词选释》一书中称道这首词"清丽为邻，且余韵不尽，颇近五代词意"。

从题材内容来看，这首词可以称为闺怨词。此类词作大多反映女性的怨情，多为思念远方的亲人。古代女性大多足不出户，生活空间狭小，而男子则为功名利禄，或征战沙场，或异地漂泊，将妻子留在家中，加之交通不便，往往音信不畅，由此形成离愁别恨，这是宋词中闺怨词数量较多的一个主要原因。结合秦观的生平来看，这首词所写既可以理解为一位怨妇的悲秋，又何尝不是秦观自己人生境况的写照呢。

减字木兰花

天涯旧恨①，独自凄凉人不问。欲见回肠②，断尽金炉小篆香③。黛蛾长敛④，任是春风吹不展。困倚危楼⑤，过尽飞鸿字字愁⑥。

[注释]

① 天涯旧恨：背井离乡的漂泊之愁。② 回肠：愁苦悲伤。③ "断尽"句：意思是看着香炉中燃尽的篆香就会知道什么是断肠之苦。篆香，盘香。④ 黛蛾长敛：指女子的眉头总是紧锁着。⑤ 危楼：高楼。⑥ 飞鸿：飞行的鸿雁。字字愁：鸿雁飞行时常排成"一"字或"人"字形，异乡之人见而思归，故有"字字愁"之说。

[赏析]

宋人陈师道在其《后山诗话》中对秦观有如下评价："今代词手，惟秦七、黄九尔，唐诸人不逮也。"意思是说，当代词人，只有秦观、黄庭坚最为优秀，自唐以来诸词人都不如这二人。陈师道与秦观、黄庭坚等一起追随苏轼,为"苏门六君子"之一,他的这一极高评价未必人人赞同,但也有其道理。宋人蔡伯世则说得更为具体:"苏东坡辞胜乎情,柳耆卿情胜乎辞,辞情兼称者,唯秦少游也。"(语见孙兢《竹坡老人词序》)这同样是很高的评价。秦观能在词坛独树一帜,有多种因素,其中与他对相关艺术手法的娴熟运用有很大关系。比如其善用点染手法,如清人刘熙载所言:"词有点,有染。"点染本是绘画的一种技法,秦观将其成功地运用到了填词中。陶尔夫在《北宋词史》一书中对此有如下阐述:"词中的点染,是根据主题和艺术表现的需要。点,就是中锋突破;染,就是侧翼包抄。"所谓点,就是点题,直接说出自己的思想或情感;所谓染,就是渲染,采用烘托等手法将思想或情感表达出来。秦观这首词就较好地运用了点染手法。

上片"天涯旧恨,独自凄凉人不问",一个"恨"字点明了词中女子的悲苦心绪及情感基调,她独自站在高楼上,感受着无人关爱的凄凉。如果说,这是"点"的话,接下来就是"染"了,"断尽金炉小篆香"、"任是春风吹不展"、"过尽飞鸿字字愁"三句,用篆香断尽、春风吹不展、飞鸿字字愁三组场景来渲染女子的离愁别恨。看着燃尽的篆香就可以体会到什么是愁肠寸断;眉头紧锁,连撩人的春风也无法让它舒展;鸿雁阵阵飞过,其排列的"一"字形、"人"字形让人徒增愁绪。

宋代词人张炎曾说秦观的词作风格淡雅,气骨通畅,清丽中文意连贯,咀嚼后没有渣滓,久而知其美味。这首词先点后染,摹写离愁别绪,鲜活生动,具体可感,同时又情深意长,耐人回味。人们常说"文无定法",无论是撰文还是填词,都没有固定不变的章法,贵能出新。秦观在这首《减字木兰花》中既用渲染的手法来营造氛围,又用点睛之笔来抒写内心情感,文字在他手里游刃有余,应用自如,达到一种随心而化的艺术境界。

木兰花

秋容老尽芙蓉院①,草上霜花匀似剪。西楼促坐酒杯深②,风压绣帘香不卷③。　玉纤慵整银筝雁④,红袖时笼金鸭暖⑤。岁华一任委西风,独有春红留醉脸⑥。

[注释]

① 秋容:秋色。芙蓉:这里指秋天开的木芙蓉。② 促坐:促膝而坐,紧挨着坐在一起。③ 香不卷:指绣帘不卷,屋内香气缭绕。④ 玉纤:纤纤细指。慵整:慵懒地整理,慢慢地拨弄。银筝雁:指古筝,因其弦柱斜列就像雁行一样,故有此称。⑤ 金鸭:一种鸭子造型的暖炉。⑥ 春红:春花,这里指酒后脸颊上泛起的红晕。

[赏析]

读秦观的词作,常常会被其真挚的情思所打动,如果这种情思仅仅是男女之间的恋情、所写只是离愁别绪的话,篇篇都是风花雪月,其格调及深度也就有限。秦观的过人之处在于,他并不满足于此,而是锐意出新,在艳情中融入自己的人生感悟,拓展了词的题材内容和表现手法,在创作上取得了新的突破。

上片"秋容老尽芙蓉院,草上霜花匀似剪",展现了一幅凄清萧索的秋景图:深秋时节,芙蓉都已凋谢,薄霜覆盖着衰草。如此清冷的天气,主人公在做什么呢?"西楼促坐酒杯深,风压绣帘香不卷",佳人坐在西楼饮酒,绣帘低垂,阻挡寒风,室内香气缭绕,屋外的清寒与室内的香暖形成鲜明对比。

下片"玉纤慵整银筝雁,红袖时笼金鸭暖"正面描写女子慵懒无聊的情态。"岁华一任委西风,独有春红留醉脸"二句,可谓神来之笔,点出全词的命意所在。时光无情,春去秋来,"玉纤"、"红袖"又岂能长久!西风吹走青春年华,只有酒后的红晕还残留在脸上。词人以对青春女子情态的描写来感叹岁月的无情,其中的情感幽微深婉,言尽而意不尽,意尽而情不尽,一咏三叹。

词人虽是在感叹流年逝去的无奈,但不用重笔,只是淡淡写去,风格隽永纤丽,别有韵味。周济在《宋四家词选目录序论》中评价秦观"最和婉醇正,意在含蓄,如花初胎";《词林纪事》引楼敬思语,称其"红梅作花,能以韵胜",都指出了秦观词作的这一特点。

画堂春

落红铺径水平池①,弄晴小雨霏霏②。杏园憔悴杜鹃啼③,无奈春归。　柳外画楼独上,凭阑手捻花枝④。放花无语对斜晖⑤,此恨谁知?

[注释]

①落红:落花。水平池:池水涨满。②"弄晴"句:指晴空中有时飘着小雨。霏霏,细雨不断的样子。③杏园:唐代著名的园林,为长安城游园赏玩之地,特别以及第进士的杏园游宴而著名。此处化用唐杜牧《杏

园》诗句："莫怪杏园憔悴去，满城多少插花人。"杜鹃：又名子规，一种在春夏之际鸣叫的鸟类。相传战国时蜀王杜宇称帝，号望帝，死后魂魄化为杜鹃，叫声悲伤，像是在说"不如归去"，啼血乃止。④捻（niǎn）：用手搓转。⑤斜晖：落日的余晖。

[赏析]

近代词家冯煦在《宋六十一家词选·例言》中曾这样评价秦观："昔张天如论相如之赋云：'他人之赋，赋才也；长卿，赋心也。'予于少游词亦云：他人之词，词才也；少游，词心也。得之于内，不可以传。虽子瞻之明隽，耆卿之幽秀，犹若有瞠乎后者，况其下耶？"概而言之，词才是指词人的写作才能，词心则是指将心融入词中，如此才能把握词的本质。在冯煦看来，这是只可意会，不可言传的。那么这个词心到底是指什么呢？

这首词上片起句"落红铺径水平池"，"铺"、"平"二字，以动写静，描画出春末独有的景致：落红满地，池水涨满，由此带出伤春的气氛。接下来，一个"弄"字将那种将晴未晴的天气一下写活，同时也把人物捉摸不透的心思隐隐透露出来。但是，即便"杏园"再憔悴，即便"杜鹃"悲啼挽留，一切都是徒劳的，春天最终还是要走的，非人力所能挽回。

下片写佳人"独上"画楼、"手捻"花枝，两个简单的动作细微地传达出人物迷茫无助的心绪，高楼凭栏，夕阳西下，只能是"无语对斜晖"的无奈。一句"此恨谁知"，给读者留下无限的遐想。田同之在《西圃词说》中对该词的结句很是称道，他认为"填词结句，或以动荡见奇，或以迷离称隽，著一实语，败矣"，该词的结句正是"深得此法"。

全词如同一幅剪影，只画出人物的轮廓，她是何人，因何有恨，是伤春还是思念远方的情人，作者都没有交代。相反，春末景物的描写却是十分精细生动的,虚实相生,由此营造出一种忧伤的氛围和意境,只可意会,难以言传,需要读者细细回味。

秦观的词作多悲苦之音,但这种悲苦绝非无病呻吟,而是融入了自己的人生经历和感悟,表面上看起来不过是伤春、悲春,实则是有感而发,有个人的身世之感在里面,情真意切。唯其情真,动人也切。清人黄苏在其《蓼园词选》里这样评价秦观的这首词:"既无人知,惟自爱自解而已。语意含蓄,清气远出。"点出了这首词的主旨和特色。

千秋岁

水边沙外,城郭春寒退①。花影乱,莺声碎②。飘零疏酒盏③,离别宽衣带④。人不见,碧云暮合空相对。　忆昔西池会⑤,鹓鹭同飞盖⑥。携手处,今谁在?日边清梦断⑦,镜里朱颜改。春去也,飞红万点愁如海。

[注释]

① 城郭:城邑,城市。内城的墙为城,外城的墙为郭。②"花影"二句:此处化用唐杜荀鹤《春宫怨》诗句:"风暖鸟声碎,日高花影重。"③ 飘零:飘泊零落。疏酒盏:疏于饮酒。④ 宽衣带:衣带宽松,指憔悴的意思。⑤ 西池:汴京金明池。会:聚会。这里指元祐七年(1092)春秦观参加金明池的宴会雅集。⑥ 鹓(yuān)鹭:这两种鸟因飞行时排列整齐,常被用来比喻朝官排列有序。飞盖:奔驰的车马。⑦ 日边:皇帝身边,这里指京城。清梦:指美梦。

[赏析]

宋绍圣元年(1094),秦观先是被贬为杭州通判,再被贬监处州酒税,这首词正是作于被贬途中,反映了他这一时期忧伤落寞的心绪。苏轼在其《与侄书》中曾讲过这么一段话:"凡文字,少小时须令气象峥嵘,彩色绚烂。渐老渐熟,乃造平淡。"意思是说,文字风格会随着人年龄的增长及阅历的丰富而变化。年轻时的文字要显出峥嵘气象,秾丽绚烂。随着年龄的增长,经历的事情越来越多,对世事看得越来越透,想得也会越来越明白,人变得成熟,笔下的文字也就慢慢转向平淡。苏轼随后又说:"其实不是平淡,绚烂之极也。"参透人生的平淡并不是寡淡无味的平淡,而是另一种绚烂的极致,喧闹过后的宁静。这首词是秦观经历挫折之后所写,风格逐渐从早年的艳情华美转向一种平淡。此时的秦观已经没有少年时的那份壮志豪情,心绪趋于平淡低沉,不过那种悲惋的情感是可以分明感受到的。

这首词上片"水边沙外,城郭春寒退",点明了地点和季节,一个"退"字形象地点出时节的转变。春寒将尽的城郭之外,词人独自在水边沙外徘徊。文字看似平淡,却又意味深长。接下来,"乱"、"碎"两字连用,写出词人眼中的春色,可以看出他并没有心思去欣赏眼前的美景。后人对这两句很是欣赏,据明人杨慎《词品》介绍,"秦少游谪处州日,作《千秋岁》词,有'花影乱,莺声碎'之句。后人慕之,建莺花亭"。那么到底是什么让他如此没有心情呢?"飘零疏酒盏,离别宽衣带",此刻的他孤单无助,酒盏已"疏",衣带渐"宽",通过这两个最能表现人物状态的意象写出词人的处境,亲朋好友都远在他乡,无法相见,眼前所能看到的只有碧云和暮色。正是离别与思念让词人在"春寒退"、万物复苏的季节里,看到、听到的却是"花影乱,莺声碎"的景象。作者并没有使用"悲"、"愁"等字,但其悲怨、忧愁的心情透过对景物的描写传达出来。

下片"忆昔西池会,鹓鹭同飞盖",一个"忆"字由当下转向往昔,回忆当初在京城西池的宴集游乐。据《淮海集》卷九《西城宴集》诗注:"元祐七年三月上巳,诏赐馆阁官花酒,以中浣日游金明池、琼林苑,又会于国夫人园。会者二十有六人。"可以想见当时的金明池畔,高朋满座,觥筹交错,大家游园雅集,高谈阔论,何等畅快。但是好景不长,转眼即逝,如同一梦。物是人非,昔日同游者天各一方,如今是谁在那里游乐呢?

清梦已断,红颜渐改,欢乐的岁月被洗刷之后,剩下的只有一段人生记忆了。记忆固然温馨,但也让人倍增伤感。结尾"春去也,飞红万点愁如海","飞红万点",写出落花缤纷的凄美之景。将"飞红万点"比作如海的愁怨,化无形的愁绪为可感可见的花海,既新奇又形象,可谓点睛之笔,这与李煜《虞美人》中的"问君能有几多愁,恰似一江春水向东流"有异曲同工之妙,也可以看出其中的化用关系,秦观此处写"愁",新奇而独特,受到后人的称许。

在文学史上,有不少以写愁而传世的名篇佳作,如李白《秋浦歌》的"白发三千丈,缘愁似个长",李商隐《代赠二首》的"芭蕉不展丁香结,同向春风各自愁",李清照《武陵春》的"只恐双溪舴艋舟,载不动、许多愁"等,同样是写愁绪,但写法各不相同,将其放在一起对读,作家的风格体现得更为鲜明。"以悲为美"、"以愁为工",这也是中国诗词创作的一个传统。

踏莎行
（郴州旅舍）

雾失楼台①，月迷津渡②，桃源望断无寻处③。可堪孤馆闭春寒④，杜鹃声里斜阳暮。　　驿寄梅花⑤，鱼传尺素⑥，砌成此恨无重数⑦。郴江幸自绕郴山，为谁流下潇湘去⑧？

[注释]

①雾失楼台：楼台笼罩在烟雾中无法得见。②月迷津渡：渡口在昏黄的月色中分辨不清。津渡，水边的渡口。③"桃源"句：意思是向远处眺望，寻觅不到世外桃源。桃源，桃花源，晋陶渊明在《桃花源记》中所虚构的世外乐园，在武陵，即今湖南常德。这里泛指向往的地方。望断，极目远眺。④可堪：哪堪，怎么能忍受。孤馆：寂寥的客舍。⑤驿寄梅花：令驿站的信使代寄梅花，以表达对友人的思念之情。此处化用南北朝陆凯《寄赠范晔》诗句："折梅逢驿使，寄与陇头人。江南无所有，聊赠一枝春。"⑥鱼传尺素：写信传书。尺素，古人用素绢书写，通常为一尺，故称尺素，这里代指书信。⑦砌成：堆积，积累。⑧郴（chēn）江幸自绕郴山，为谁流下潇湘去：意思是郴江本来是围着郴山流淌的，为什么还要流向远方的潇湘呢？郴江，流经郴州的一条河流，最终汇入湘江。幸自，本来，正。为谁，为什么。潇湘，潇水和湘水的并称。

[赏析]

《踏莎行》是秦观后期的一首词作，是体现其最高文学成就的代表作之一，也是其词作中流传最广的作品之一。有人认为这是秦观写给一位长沙艺妓的，南宋洪迈的《夷坚志》、清人赵翼的《陔余丛考》都有记载，当系传闻，难以征信。从这首词的内容来看，所表达的主要是词人被贬谪时，羁旅途中的愁苦之情。与早期风花雪月、闲愁离情的题材内容相比，秦观后期的词风深沉凄婉，寄托了其被贬谪之后的痛苦愁怨，流露出对个人前途的迷惘不安。秦观一生失意居多，愁怀郁结，但其表达往往比较克制，以清新淡雅之语来写深切之痛、深挚之情。

这首词上片"桃源望断无寻处"，点出词人被贬谪的地点。离郴州（今湖南郴州）不远就是武陵（今湖南常德），这是陶渊明在《桃花源记》中所描写的桃花源所在地。但此时"雾失楼台，月迷津渡"，雾气弥漫之中，不见了楼台亭阁；朦胧缥缈间，津渡不知何处，像仙境一样迷幻，如泡影一样消失。虽离桃花源不远，却又无迹可寻。"失"、"迷"二字不仅营造出一种恍惚迷离的境界，而且也是作者困苦无助心绪的生动写照。此时的他被一贬再贬，客居他乡，对一位心性纤细柔婉的词人来说尤其残酷难熬。"可堪孤馆闭春寒"，春寒料峭，孤馆之中无人问津的落寞又该如何忍受呢？"杜鹃声里斜阳暮"，就听馆外杜鹃在斜阳中的阵阵悲鸣吧。王国维在《人间词话》中对这两句词有如下评价："少游词境最为凄婉，至'可堪孤馆闭春寒，杜鹃声里斜阳暮'，则变为凄厉矣。"他认为这两句写的是"有我之境"，这一评价还是十分准确到位的。在经历人生的种种挫折之后，"凄厉"成为秦观后半生词作的主要风格，这是一种发自内心的凄楚与悲切，正如龙榆生在《苏门四学士词》中所概括的："少游至此，已扫尽绮罗芗泽之结习，一变而为怆恻悲苦之音矣。"

下片连用"驿寄梅花"和"鱼传尺素"两个典故，表达对亲友的思念和牵挂。"驿寄梅花"典出《荆州记》："陆凯与范晔交善，自江南寄梅花一枝，诣长安与晔,并赠诗曰:'折梅逢驿使,寄与陇头人。江南无所有,聊赠一枝春。'""鱼传尺素"典出《饮马长城窟行》:"客从远方来,遗我双鲤鱼。呼儿烹鲤鱼,中有尺素书。"尽管在郴州旅舍偶尔也能得到亲友的音信,但这仍然无法排解心中的烦闷,一个"砌"字,情感浓烈,写出内心无法排解和抑制的离愁悲苦。最后两句"郴江幸自绕郴山,为谁流下潇湘去",用语新奇,令人称道。郴江本来应该环绕郴山而流,它又是为什么流向潇湘呢?莫非它也在思念远方的亲人?在词人的笔下,普通的郴江也变得温柔多情,可谓神来之笔。这两句也是苏轼最为欣赏的。情中生景,景中生情,达到了情韵兼胜的艺术效果。夏承焘在其《瞿髯论词绝句》中对秦观的这首词给予很高评价:"秦郎淮海领宗风,小阮苏门亦代雄。等是百身难赎语,郴江北去大江东。" 意思是说,秦观为词坛正宗,领一代词风,在苏轼门人中也是非常优秀的,深受苏轼赏识。他的"郴江北去"与苏轼的"大江东去"一起流芳百世。

蝶恋花

晓日窥轩双燕语①,似与佳人②,共惜春将暮。屈指艳阳都几许③,可无时霎闲风雨④。　　流水落花无问处⑤,只有飞云,冉冉来还去⑥。持酒劝云云且住,凭君碍断春归路⑦。

[注释]

① 晓日:拂晓。窥轩:窥视轩窗。② 佳人:闺中女子。③ 艳阳:春光。都几许:算来还有多少。④ 可无:岂无。时霎:片刻,霎时。⑤ "流水"句:

意思是流水带走落花，无法寻问其归处。⑥冉冉：徐徐的意思。⑦碍断：阻碍隔断。

[赏析]

　　这首词是写春天的，同样是惜春，但写得别致而有新意。

　　上片"晓日窥轩双燕语，似与佳人，共惜春将暮"，展现了一幅春光明媚的景象：太阳冉冉升起，几缕光线照进室内，两只燕子呢喃私语，好像在和佳人一起惋惜即将逝去的春光。虽然没有直接写佳人，但佳人的心绪却通过对燕子的描写巧妙地透露出来，这种映衬和烘托是秦观常用的手法。"屈指艳阳都几许，可无时霎闲风雨"，屈指算来，艳阳高照的日子能有多少呢？更多的时候则是闲风细雨，时常触动人的愁绪。

　　下片承接前文的"风雨"而来，"流水落花无问处，只有飞云，冉冉来还去"，落花流水带走了春天，无处可寻，只有天上的流云飘来飘去，见证着时光的流逝。结语"持酒劝云云且住，凭君碍断春归路"，笔锋一转，一改伤春的写法，写出词人洒脱的情怀：不妨端起酒杯，让云为我停留吧，也许只有它，才可以挽留恍惚易逝的春光。想象新奇而独特，展现了一个新的境界。俞平伯在《唐宋词选释》一书中对此有精到的评述："流水落花既不可问，难道飞云就可问么？浮云是最虚飘飘的，又岂能凭他遮住春的归路呢？全篇悲凉，却用微婉语写出。"

　　整首词先由一对燕子引发无限心事，欲挽留短暂的春天而没有办法，于是对酒当歌，突发奇想，请白云为自己停留。惜春，而不伤春，展现了一种全新的感受。

　　陆机《文赋》云："遵四时以叹逝，瞻万物而思纷；悲落叶于劲秋，喜柔条于芳春。"意思是说，四时的变迁引发人的感叹，万物的盛衰让人思绪纷纭，秋天为落叶而悲伤，芳春因柔枝而欣喜。正所谓情因物感，文以情生。因经历、心境不同，由春天所引发的感叹也就各异。秦观的词作中，有不少是写春天的，这也是他擅长的题材内容。但在其人生的不同阶段，对春天的感受也不一样，带有不同的感情色彩，或思念，或落寞，或悲伤，或超然，这些都通过富有特色的景物描写含蓄委婉地表达出来。

一落索

杨花终日空飞舞，奈久长难驻①。海潮虽是暂时来，却有个堪凭处②。　　紫府碧云为路，好相将归去③。肯如薄幸五更风，不解与花为主④。

[注释]

① 奈久长难驻：怎奈无法长久停留。②"海潮"二句：潮来有信，人会无凭，比喻男子对爱情无凭无踪。唐李益《江南曲》："早知潮有信，嫁与弄潮儿。"③"紫府"二句：指女子希望能与相爱的男子一起畅游仙境，过着神仙眷侣般的生活。紫府，指仙宫，神仙所住的地方。碧云，天空。相将，相与，相随。④"肯如"二句：意思是怎么能像薄情的五更风一样，残忍地将花朵吹落呢？肯如，岂如。解，能。

[赏析]

这首词以物喻人，看似在写别人，又似在写自己，抒写了内心深处一段难言的愁绪。秦观一生与多位歌妓交往，这首词所写的也许与他的一段情感有关。钱锺书在其《宋诗选注》一书的序言中将这种情感称之为"公然走私的爱情",肯定了这种情感也是属于爱情的。

"杨花终日空飞舞,奈久长难驻",杨花虽然整天在空中飞舞,但质本轻薄,难以捕捉。"海潮虽是暂时来,却有个堪凭处",海潮来来去去,固然短暂,却很准时,最起码还有凭可依。杨花随风曼舞,难以停留;海潮卷向沙滩,却留下足迹。上片将杨花与海潮进行对比,写出两种人生的形态。自然这两种都不是人生的理想形态,皆非词人所愿。

下片"紫府碧云为路,好相将归去",承接前语,既然人间不如所愿,还是去寻找世外仙境吧。"紫府"为神仙所居之所。可以看出,词人在经历种种挫折之后,逐渐产生了厌倦的情绪,想通过出世、遁世的方式,从道家思想中寻找灵魂的归宿。结语"肯如薄幸五更风,不解与花为主",又将词人拉回到残酷的现实,用佳人的语气写出自己的失望和抱怨:你怎么能像薄情的五更风那样,忍心吹落那些盛开的花朵呢?

年华易逝,豪情不再,剩下的只有迟暮之感与失意之叹,即便是风花雪月的艳词,也不时流露出这种伤感的情绪。这首词体现了秦观以身世之感融入艳情的特点,从表面上看,是在写一位女子的春怨,实则是在抒写个人的身世之叹。言在此而意在彼,意蕴深长。整首词不事雕琢,自然朴实。

丑奴儿

夜来酒醒清无梦,愁倚阑干。露滴轻寒,雨打芙蓉泪不干[①]。佳人别后音尘悄[②],瘦尽难拚[③]。明月无端,已过红楼十二间[④]。

[注释]

①"雨打"句:雨水打在芙蓉上,就像女子的眼泪一样不断滴落。唐白居易《长恨歌》:"芙蓉如面柳如眉,对此如何不泪垂。"作者化用此意。芙蓉,荷花,这里指女子的面容。②音尘:音讯,消息。悄:悄然。③难拚:难以舍弃。④"明月"二句:意思是明月无情地照着华美的红楼。无端,没来由。红楼,闺阁女子的华丽阁楼。

[赏析]

这首词有的版本词牌作"采桑子",是写月夜下的相思。

上片"夜来酒醒清无梦,愁倚阑干",写词人月夜中的相思之苦。夜间酒醒之后,难以入睡,只好凭栏远望,排解愁绪。"露滴轻寒,雨打芙蓉泪不干",带着寒意的露珠在荷叶上滚动,不断滴落,如同佳人泪水涟涟。既是在写景,也是在写词人的思绪,看到芙蓉,佳人的面容浮上心头。

"佳人别后音尘悄,瘦尽难拚",转写词人自身的境况。佳人一去,杳无音信,词人在思念中日渐消瘦,苦熬时光,即便如此,也难以割舍这段情感。明人沈际飞《草堂诗余续集》云:"'瘦尽难拚',切情。忽有此境,不是语言文字。"意思是说,"瘦尽难拚"写情十分贴切。忽有此境,妙语天成,并非普通的语言文字。"明月无端,已过红楼十二间",无情的明月,不知不觉间已从佳人所住的华美楼阁上匆匆经过。需要说明的是,这里所说的"十二间"并非实指,而是言其多。明月从红楼匆匆而过,不仅突出了景色的凄清,也是在写时光的流逝。对思念中的词人来说,也许时光过于漫长,但在红楼之外,则是大量流逝的时光。

秦观善于描摹女性的心理,细腻到位,写男子的相思怀人也同样真实可感,读这首词可以深切体会到这一点。

南乡子

妙手写徽真①,水剪双眸点绛唇②。疑是昔年窥宋玉,东邻,只露墙头一半身③。　往事已酸辛④,谁记当年翠黛颦⑤?尽道有些堪恨处,无情,任是无情也动人⑥。

[注释]

①妙手:技艺高超的人。写徽真:为崔徽画像。崔徽,唐代歌妓,与裴敬中相爱。她曾托画家丘夏为自己画像,寄给裴敬中。②水剪双眸:明眸如水波流转。③"疑是"三句:典出战国宋玉《登徒子好色赋》:"天下之佳人,莫若楚国;楚国之丽者,莫若臣里;臣里之美者,莫若臣东家之子。增之一分则太长,减之一分则太短;著粉则太白,施朱则太赤。眉如翠羽,肌若白雪……嫣然一笑,惑阳城,迷下蔡。然此女登墙窥臣三年,至今未许也。"④往事:指崔徽和裴敬中相爱的故事。⑤翠黛:古时女子描眉所用的颜料,这里代指眉毛。颦:皱眉。⑥"任是"句:此处引用唐人罗隐《牡丹花》诗句:"若教解语应倾国,任是无情也动人。"

[赏析]

这是一首题画词,所吟咏的是唐代歌妓崔徽的画像。崔徽与裴敬中相爱,两人分别后,她托画手写其肖像,寄给裴敬中,后抱恨而死。这是一个感人的爱情故事,词人看到崔徽的画像,心有所感,写下了这首词。

上片词人以"妙手写徽真"点题,随后反复渲染,称道画师手法之妙,并与个人的感受结合在一起。"水剪双眸点绛唇",这是对画中崔徽容貌的描写,明眸善睐,唇红齿白,看似写得很具体,但到底是何等美貌,给人的印象仍不够清晰。于是词人宕开笔墨,"疑是昔年窥宋玉,东邻,只露墙头一半身",运用宋玉《登徒子好色赋》中东家之子的典故进一步渲染,夸赞崔徽的美貌。至于崔徽美到何种程度,只好付诸读者个人的想象了,也许想象中的容貌才是最美的。

下片则由崔徽的容貌写到其不幸命运。"往事已酸辛,谁记当年翠黛颦",当年的恩爱早已成为酸辛的往事,如今还有谁记得这位多情的女子呢?词人对崔徽的命运给予深深的同情。"尽道有些堪恨处,无情",接下来,词人笔锋一转,写出观画后的遗憾。尽管画师技法高超,将人物画得栩栩如生,但还是有遗憾处,那就是眼前的崔徽是画中人,没有情感,没有知觉。词的结尾借用唐人罗隐的诗句:"若教解语应倾国,任是无情也动人。"十分巧妙贴切,再次夸赞崔徽的美貌,同时也肯定了画师的高超技艺。后来曹雪芹在《红楼梦》中用"任是无情也动人"一语来形容薛宝钗,也是非常巧妙的化用,用来刻画薛宝钗矜持稳重的性格,相当传神。

宋人喜欢以才学为诗,这种风尚也会影响到词的创作。秦观填词善于用典,具有"精择"的特点,不仅根据创作的需要精选典故,而且也用得贴切得当,通过这首词可以窥见一斑。

醉桃源

(以《阮郎归》歌之亦可)

碧天如水月如眉①,城头银漏迟②。绿波风动画船移,娇羞初见时。　　银烛暗，翠帘垂，芳心两自知。楚台魂断晓云飞③，幽欢难再期。

[注释]

①碧天如水：夜色澄净。唐温庭筠《瑶瑟怨》："冰簟银床梦不成，碧天如水夜云轻。"月如眉：新月弯弯的样子。②银漏：古时一种银饰的计时器。迟：时间晚。③楚台：指楚王梦遇神女之台，后多指男女欢会之处。此句的意思是指男女幽会之后分别。晓云：朝云。

[赏析]

这首词为秦观早年游冶时所作，既描绘了男女之间的欢爱，也写出两人分别之后的惆怅。秦观早年曾与多名歌妓有过交往，尽管他生性风流多情，但对所交往的女子都表现出真诚的爱恋和珍重，情真意切，互为知己。这种感情刻骨铭心，同时也很短暂。秦观性格柔弱，多愁善感，后来在遇到挫折和坎坷时，时常会想起这些令他难忘的女子，在对旧事的感怀中度过那些难熬的孤独时光。秦观写到这些青楼女子时，感情真挚，然而这些爱恋注定是昙花一现，留下的是别离后无尽的相思和苦楚。秦观此类词作往往带有浓郁的抒情色彩，这也使得他的作品在格调上与一般艳词有所不同。

上片"碧天如水月如眉，城头银漏迟。绿波风动画船移，娇羞初见时"，描写了与佳人初次相会时的情景。"碧天"、"月"、"画船"，点出时间、地点，月夜下两人泛舟绿波，佳人脸上透出娇羞的红晕。虽然是写艳情，但笔墨含蓄，点到为止，并没有粉艳直白的露骨描写。"银漏"一词点出时间的流逝，夜已经很深，时光在不知不觉中逝去。良宵共度，终须散场，为后面的感伤做了铺垫。

下片"银烛暗,翠帘垂,芳心两自知",从欢爱写到相思。银烛幽暗,翠帘低垂,两人相亲相爱,彼此的情感如有灵犀,心照不宣。"楚台魂断晓云飞,幽欢难再期",春宵一梦,后会无期,人生的聚散就是如此残酷,词人不禁发出"幽欢难再期"的凄凉感叹。结尾点题,这是这首词的核心,也是秦观伤感的原因。幽欢的快乐无法抵消相思的苦痛,快乐总是那么短暂,思念总是那么漫长,分别之后只能独自在痛苦的思念中度过漫漫长夜。

词人上片尽管在写夜景,但色彩较为明艳;下片则色调灰暗,用色彩明暗的对比,营造出一种离愁别恨的氛围。整首词融情于景,以景托情,含蓄深邃,韵味深长。秦观的词既有小令的含蓄风雅,又有长调慢词的流畅疏放,他借鉴了温庭筠词的细腻浓情而摒弃其庸俗香艳的成份,接受了韦庄词的清丽而更为婉转深幽。

河传
(其一)

乱花飞絮,又望空斗合①,离人愁苦。那更夜来②,一霎薄情风雨③。暗掩将④、春色去。　　篱枯壁尽因谁做⑤?若说相思,佛也眉儿聚⑥。莫怪为伊,底死萦肠惹肚⑦。为没教、人恨处。

[注释]

① 望空:向空中。斗合:凑在一起,聚合。② 那更:哪堪更有。③ 一霎:一番或一阵的意思。④ 掩将:淹没。⑤ 篱枯壁尽:指篱墙断壁上的花枝已

经枯朽凋落。典出《世说新语·排调》："桓玄素轻桓崖，崖在京下有好桃，玄连就求之，遂不得佳者。玄与殷仲文书以为嗤笑曰：'德之休明，肃慎贡其楛矢。如其不尔，篱壁间物亦不可得也。'"后人遂以"篱壁间物"指家园中所产果蔬之物。⑥眉儿聚：皱眉，愁苦的样子。⑦底死：老是，终究。萦肠惹肚：牵肠挂肚，形容为之魂牵梦绕。

[赏析]

在秦观所写情词中，常常是情、愁交织在一起，愁因情而生，情因愁而浓，这是一种复杂细腻的情感状态。尽管他写过"两情若是久长时，又岂在朝朝暮暮"这类颇为旷达的词句，但要做到又谈何容易。越是感情深厚，两地分隔所带来的痛苦也就会越深。在这首词里，主人公的爱恋就体现在其愁苦上。秦观生性多情而又钟情，情感敏锐而又纤细，以真诚之心对待那些青楼歌妓，因而他的情词具有较强的感染力。

上片"乱花飞絮，又望空斗合，离人愁苦"，一开笔就直接点出由伤春带来的离愁别绪。纷飞的花絮在空中时聚时散，很容易让人联想到人生的分分合合，眼前纷乱的景象让人徒增愁苦。"那更夜来，一霎薄情风雨。暗掩将、春色去"，白天尚且如此悲苦，那么夜间凄风苦雨中的幽冷又该如何承受呢？春天就这样无情地离开了。读到这里，很容易想起《诗经·小雅·采薇》中的诗句："昔我往矣，杨柳依依；今我来思，雨雪霏霏。"尽管具体的场景不一样，但都写出那种物是人非的沧桑之叹、迷茫之感。

下片"篱枯壁尽因谁做？若说相思，佛也眉儿聚"，篱枯壁尽，这既是在写景，也是在写心。种种衰败之象都是因何而起呢？说起来都是相思惹的祸。早在《诗经》中就有"一日不见，如隔三秋"之语。两情相思，这是无数男女难以跨越的心坎，也是他们永远都走不出的人生迷宫。别说是人,就连超凡脱俗的佛祖也要皱起眉头。接着秦观笔锋一转,"莫怪为伊,底死萦肠惹肚。为没教、人恨处",别怪相思如此让人牵肠挂肚,那都是因为心里有难以解脱的怨恨。恨之愈切,爱之愈深,心里有多少恨,胸中就有多少爱。人生八苦,爱别离苦为其一,相思难断,怨苦自然也就无穷无尽。以恨写爱,这是秦观笔法的高妙之处,由此可见他对人内心情感的深刻体察与把握。整首作品将情和愁融合在一起,具有很强的感染力。

河传
（其二）

恨眉醉眼①,甚轻轻觑著,神魂迷乱②。常记那回,小曲阑干西畔。鬓云松、罗袜刬③。　丁香笑吐娇无限④,语软声低,道我何曾惯。云雨未谐⑤,早被东风吹散。闷损人,天不管。

[注释]

①恨眉醉眼:形容眉眼流光含情。②"甚轻轻"二句:意思是轻轻看一眼就让人神魂颠倒。甚,真是,正是。觑,看。③罗袜刬:仅仅穿着罗袜贴地行走。④丁香:又名鸡舌香。一种热带植物,种仁由两片形状似鸡舌的子叶抱合而成。这里代指女子的舌头。南唐李煜《一斛珠》:"向人微露丁香颗,一曲清歌,暂引樱桃破。"⑤云雨:男女之间的欢爱。

[赏析]

这首词也是写男女之间的聚散离合,当为秦观一段情感生活的写照,但在内容、写法上与同类作品颇有不同。

上片"恨眉醉眼,甚轻轻觑著,神魂迷乱"描写作者对佳人的痴迷。佳人明眸善睐,眉目含情,仅仅是秋波一转,已令人神魂迷离,难以自拔。"常记那回,小曲阑干西畔。鬓云松、罗袜刬",描写了与佳人在一起良宵共度的浪漫场景:因急着要和心爱的人相见,佳人在长廊中一路小跑,头发散了,鞋子掉了,也都顾不上,脚上仅穿着罗袜。生动逼真地勾勒了男女彼此倾慕、急于欢爱的心理和情态。寥寥几笔,笔触细腻,刻画入微,可见词人的心思十分纤细敏锐。

下片承接上片,继续描写男女约会时的情景。"丁香笑吐娇无限,语软声低,道我何曾惯",佳人风情万种,千娇百媚,音容笑貌如在眼前。但是乐极生悲,好花不再,好景不长,"云雨未谐,早被东风吹散"。两人还没来得及充分享受欢会的快乐,却又到了分手的时候,欢会之后则是离别的苦痛。

秦观在这首词中大胆真实地描绘了男女之间欢会的场景,为此曾受到后人的批评,如明人毛晋在《淮海词·跋》里称秦观的词作"间有淫章醉语"。所谓"淫章醉语",大概指的就是词中有关男女欢爱的描写。但这种批评是不够公允的,因为秦观在描写此类场景时,对其把握还是很有分寸、较为克制的,而且他并未一味沉迷其中,在词的结尾转向"闷损人,天不管",突出男女分别后的悲苦之情,可见他认同的是带有深厚情感的男女恋情,并非逢场作戏、钱色交易,这与一般艳词的境界是不同的。

浣溪沙
（其一）

漠漠轻寒上小楼，晓阴无赖似穷秋①，淡烟流水画屏幽②。

自在飞花轻似梦③，无边丝雨细如愁，宝帘闲挂小银钩④。

[注释]

①"漠漠"二句：化用唐韩愈《同水部张员外籍曲江春游寄白二十二舍人》的诗句："漠漠轻阴晚自开，青天白日映楼台。"漠漠，寂静无声。晓阴，清晨时天色迷蒙。无赖，百无聊赖。穷秋，深秋，晚秋。②淡烟流水：屏风上所画的山水风景。③自在：闲适安逸的状态。④"宝帘"句：意思是把华美的珠帘收起来，挂在银钩上。南唐李璟《摊破浣溪沙》："手卷珠帘上玉钩。"作者化用此意。宝帘，珠帘。

[赏析]

《浣溪沙》原为唐代教坊曲名，因西施曾浣纱于若耶溪，又名《浣溪纱》或《浣沙溪》。该词牌音节明快，句式整齐，易于上口，为宋词人所常用，这也是秦观使用较多的一个词牌。

清人周济在其《宋四家词选目录序论》中对秦观词作的特点曾作过概括，含蓄是秦观作品的一大特点，其作品往往通过景物的描写营造一种氛围，抒写一种心绪，至于所写何人何事，则大多被淡化、虚化，很少浓笔重墨去描绘，即便抒写心绪，也往往含而不露，看似平淡，寄情深远，意在弦外，有一种朦胧之美。这首词很典型地体现了这一特点，它是秦观的名篇之一，也是这一词牌中最为脍炙人口的佳作之一。

上片"漠漠轻寒上小楼，晓阴无赖似穷秋"，拂晓时分，天色迷蒙，寂静无声的微寒中，词人独自登楼，百无聊赖又怅然若失。这是一幅冷色调的画面，如同到了深秋。深秋与其说是眼前的景象，不如说是词人心中的季节。下一句"淡烟流水画屏幽"，楼内屏风上淡烟流水，牵动着词人的心绪。

下片"自在飞花轻似梦，无边丝雨细如愁"，一切都是淡淡的，落花飘飞似梦，丝雨绵密如愁，这既是对屏风山水画卷的摹想，也是对眼前风景的描绘，正如前人诗句中所写的"花非花，雾非雾"，梦是轻轻的，愁是淡淡的。吴梅在《词学通论》中称赞秦观词句"皆思路沉着，极刻画之工"。全词最后以"宝帘闲挂小银钩"收尾，珠帘收起，挂在精美的银钩上，帘外的愁境与帘内的愁人融为一体，一切尽在不言中，正如清人陈廷焯《白雨斋词话》所言："《浣溪沙》结局，贵情于言外，含蓄不尽。"俞平伯《唐宋词选释》亦云："全篇不甚分析层次，亦不写人物，而伊人宛在，情踪自见。"

词中所写虽是春天，但色彩是暗淡的，如同萧飒的晚秋，这是内心所感知的时节。清幽深远的意境中有淡淡的闺怨，既细微可感，又朦胧含蓄。王国维认为"词之为体，要眇宜修"，意思是说词这种文体要精深微妙，用字造句要讲究锤炼。当然这种锤炼不是雕章琢句，刻意、匠气，而是要自然天成，情味悠远。秦观就做到了这一点，明人徐士俊称道这首词"自在二语，夺南唐席"（《古今词统》），清人陈廷焯亦称该词"宛转幽怨，温韦嫡派"（《词则·大雅》）。

王国维在《人间词话》中以秦观的词句为例，提出"境界有大小，不以是而分优劣"。境界虽然有大小之异，但各有其特点，不可以此作优劣

秦观词 | 77

之分。的确如此,这首词以小巧轻灵的境界取胜,景中见情,似梦如愁,是秦观词作中令人回味无穷的佳作之一。

浣溪沙
(其二)

香靥凝羞一笑开①,柳腰如醉暖相挨②,日长春困下楼台③。照水有情聊整鬓④,倚阑无绪更兜鞋⑤,眼边牵系懒归来⑥。

[注释]

① 香靥(yè):脸上的酒窝。凝羞:指面带羞涩。② 柳腰:女子曼妙的细腰。如醉:形容佳人婀娜多姿,令人心醉。③ 春困:春日的慵懒疲倦。④ "照水"句:意思是女子对着水中的倒影顾影自怜。⑤ 无绪:心神不宁。兜鞋:提鞋或穿鞋。金董解元《西厢记诸宫调》卷六:"欲别张生临去也,偎人懒兜罗袜。"兜,穿,提。⑥ 眼边牵系:眼神牵绊,心有所挂。懒归来:懒得回到楼上。

[赏析]

这首词写一位女子的思春,写得生动传神。

上片"香靥凝羞一笑开,柳腰如醉暖相挨",开篇就为读者展现了一位貌美女子的形象:小小可爱的酒窝,略带羞涩的微笑,杨柳细腰,婀娜多姿,望之令人心醉。寥寥两笔,女子娇美可爱的音容笑貌跃然纸上。"日长春困下楼台",这句写女子的行踪,日长春困,百无聊赖,女子走下楼台。

她要做什么呢？

下片"照水有情聊整鬓，倚阑无绪更兜鞋"，没有去写女子的赏春，而是来写其顾影自怜，别有思绪。她看着自己在水中的倒影，整理了一下鬓发，独自凭栏，提了提鞋子。如此美好的春天，无人相伴，也没人欣赏自己，只有一个人在无聊中打发时光。两个简单的动作，写出女子细微的内心活动。有评论说此词"上句妙在'照水'，下句妙在'兜鞋'，即令闺人自模，恐未到"，意思是说，上句妙就妙在"照水"的描写，下句则妙在"兜鞋"的描写，即便是真的让闺中女子这样做，恐怕也难以达到这种境界。确实如此，如果不是细心地揣摩和体会，是不会写得如此细腻传神的，这正是词人的过人之处。"眼边牵系懒归来"，最后一句与上片形成呼应，上片写"下楼台"，此处写"懒归来"，眼有所牵，心有所系，正在凝神细想，自然不愿意再上楼。

女子所思所念为何，词人并没有交代。这首词以有形写无形，通过女子的神态行踪写出其细微的内心活动，写得相当优美、含蓄，而不艳俗，与一般的艳词境界不同。

贺贻孙在其《诗筏》中曾提出一个很有意思的看法，他认为"诗语可入填词"，但是"独填词语无一字可入诗料，虽用意稍同，而造语迥异"，并举该词的"照水有情聊整鬓，倚阑无绪更兜鞋"为例，指出"少游词决不可入诗，鉴赏家自知之"。贺贻孙的观点未必人人同意，但他点出了秦观词作的一个重要特点，那就是其用语及风格与诗歌迥异，不可随意搬用。李清照曾提出词"别是一家，知之者少"，认为秦观等人"能知之"(《词论》)，后人称秦观的词为"词人之词"，基本上都是着眼于这一点来说的。

浣溪沙
（其三）

霜缟同心翠黛连①，红绡四角缀金钱，恼人香爇是龙涎②。枕上忽收疑是梦③，灯前重看不成眠，又还一段恶因缘④。

[注释]

①霜缟：白色的绢丝。同心：同心结，这里指编有同心结的丝带。古时用丝织物编成回文式的结，用来象征坚贞的爱情。梁武帝《有所思》："腰中双绮带，梦为同心结。"②香爇（ruò）：燃香。龙涎（xián）：一种名贵的香料。宋张世南《游宦纪闻》卷七："诸香中，龙涎最贵重。……龙涎入香，能收敛脑麝气，虽经数十年，香味仍在。"③"枕上"句：这里化用唐杜甫《羌村》诗句："夜阑更秉烛，相对如梦寐。"④恶因缘：让人难以摆脱的因缘。

[赏析]

品读欣赏秦观的词作要有一种纤细敏锐的感觉，这是因为秦观的情词从字面来看颇为平淡，但在平淡之中却蕴含着细微难言的心绪，不细心揣摩，是体会不到的。

比如这首词，上片"霜缟同心翠黛连，红绡四角缀金钱"，霜缟是白色的绢丝，翠黛是用来画眉的颜料，红绡是红色的薄绸，金钱是金色的吊坠，色彩艳丽，服饰、陈设华美，短短十四个字，一位风姿绰约的芳华女子跃然纸上。"恼人香爇是龙涎"，瑞烟氤氲，香气袭人，何以还会感到恼人呢？上片寥寥几笔，写艳丽的色彩、浓郁的香气，从视觉、嗅觉等方面营造出一种纸醉金迷的氛围。

下片"枕上忽收疑是梦，灯前重看不成眠"，春宵一梦，毕竟还会醒来，何况只是对往事的追忆，或者只是一种幻觉。醒来之后无法入眠，只能独自面对漫漫长夜。"又还一段恶因缘"，一个"恶"字十分传神，写出佳人复杂的心绪，既有无尽的思念，也有隐隐的苦痛，更有深深的怨恨。但不管有多少怨恨，依然是魂牵梦绕，难以割舍。

秦观笔下颇多恋情相思之作，但大都没有香艳脂粉气，所写情感真挚，缠绵悱恻，富有感染力。在写法上婉而不露，耐人回味，这首词就体现了这一特点。

浣溪沙

（其四）

脚上鞋儿四寸罗，唇边朱粉一樱多①，见人无语但回波②。
料得有心怜宋玉，只应无奈楚襄何③，今生有分共伊么。

[注释]

①一樱多：双唇略大于樱桃。这里化用白居易诗句："樱桃樊素口，杨柳小蛮腰。"参见唐孟启《本事诗·事感》。②回波：回眸。波，指眼光如秋波。③"料得"二句：此处化用唐李商隐《席上赠人》诗句："料得也应怜宋玉，一生惟事楚襄王。"

[赏析]

　　这首词抒写词人对美貌佳人的倾慕之情。

　　上片"脚上鞋儿四寸罗，唇边朱粉一樱多，见人无语但回波"，通过几个细节描绘了一位娇美害羞的妙龄女子形象。四寸金莲、樱桃朱唇，两个典型的细节写出女子的打扮与容颜；低头无语，秋波暗送，则写出女子的动人仪态。用语活泼而不浅露，既有灵动之态，又有含蓄之美，描绘逼真、全面。由此可以对秦观词作的用语特色有更为深入、直观的领会。

　　下片"料得有心怜宋玉，只应无奈楚襄何"，视角转换，从佳人写到词人，并化用李商隐的诗句，委婉含蓄，比直接表白情感显得内涵更为丰富，也更有层次。李商隐的原诗"料得也应怜宋玉，一生惟事楚襄王"，使用了巫山神女的典故，据宋玉《神女赋》记载："楚襄王与宋玉游于云梦之浦，使玉赋高唐之事。其夜王寝，果梦与神女遇，其状甚丽。"显然词人所爱恋的女子已身有所属，这是一段不能公开的恋情。词人的情感只能深埋在心里，无法直接表露。"今生有分共伊么"，既是自己在揣测，也是在发问。一切都是不确定的，自然一切也就都没有答案。词人的语气透出的显然是不自信，也包括失落与伤感的成分。

　　古人有"诗庄词媚"之说。大体而言，诗多用于应制或言志，较为庄严；词则多写男女韵事，柔媚婉丽，这既体现在题材上——大多写男女之间的相思相恋，也体现在风格上——往往婉约柔媚。由此也形成了诗与词的分工，各自从不同层面反映古代文人的生活与精神。秦观被人称为"词之正宗"，擅写情词。清人刘熙载在《词概》中称其"词得《花间》《尊前》遗韵"，这既是其个人创作的特点，也是他对词体的一种体认，与词自身的发展演进有着密切的关系。对这类词作不能简单地以格调低下视之，应放在中国文学乃至中国文化的大背景中考量。

浣溪沙
（其五）

锦帐重重卷暮霞①，屏风曲曲斗红牙②，恨人何事苦离家。枕上梦魂飞不去，觉来红日又西斜，满庭芳草衬残花。

[注释]

①暮霞：晚霞。②斗红牙：即点击红牙拍板。斗，拼，凑。红牙，又名檀板、牙板，一种红色的乐器。

[赏析]

秦观的小令，清新淡雅，情韵有致。这首词写闺中思妇，但并没有渲染其怨尤叹苦，而是在淡淡的语调中透出一种难言的伤感。

上片"锦帐重重卷暮霞，屏风曲曲斗红牙"，以室内精美华丽的摆设衬托女主人生活的富足：绚丽的晚霞映照着重重帷帐，曲曲的屏风背后，佳人红牙檀板，在轻轻吟唱着。一句"恨人何事苦离家"写出了佳人富足生活背后的凄苦，心上人离家而去，剩下她一个人孤独苦守，无人相伴。黄苏在其《蓼园词选》中这样评价该词的上片："'重重'、'曲曲'，写得柔情旖旎，方唤得下句'何事'字起；即第二阕'飞不去'，亦从此生出，写闺情至此，意致浓深，大雅不俗。"

下片"枕上梦魂飞不去"，写出佳人相思的无奈。既然无法相见，就在梦里团聚吧，遗憾的是，"觉来红日又西斜"，一觉醒来，又到了红日西斜时分,这样的日子不知何时是个尽头。夕阳下,满院的芳草映衬着朵朵残花。这既是景色描写,也是闺中思妇的生动写照。"好在景中有情",亦是该词的妙处及特点。

秦观善于写梦,以梦境或似梦的感觉来传情达意。或以梦写思乡之情,如"浑似梦里扬州"、"频梦扬州";或以梦表牵挂之意,如"夜月一帘幽梦"、"梦回无处寻觅";或以梦描绘一种缥缈虚幻的感觉,如"佳期如梦"、"枕上忽收疑是梦";当然还有欲梦而不可得的情景,如"夜来酒醒清无梦"、"日边清梦断"。以虚幻缥缈的梦境来写自己对人生的微妙感受,这是秦观词作的一个特点。这首词写梦也很有特点,没有直接描写梦的内容,而是重在突出梦后的无奈,写出思妇凄苦无助的心境。

如梦令
(其一)

门外鸦啼杨柳①,春色著人如酒②。睡起熨沉香③,玉腕不胜金斗④。消瘦,消瘦,还是褪花时候⑤。

[注释]

①"门外"句:此句化用唐李白《杨叛儿》诗句:"何许最关人?乌啼白门柳。"②著人:宋时方言。著,通"着"。宋李之仪《谢池春》:"著人滋味,真个浓如酒。"③熨沉香:用沉香熏熨衣服。④玉腕:形容女子手腕洁白纤嫩。金斗:精美的熨斗。⑤褪花:指花朵褪色凋谢。宋苏轼《蝶恋花》:"花褪残红青杏小。"

[赏析]

　　含蓄婉转是中国古代文学的一种审美取向与创作传统，在词这一文体上体现得尤为明显。南宋词人姜夔在其《白石道人诗说》中曾引述苏轼如下一句话："言有尽而意无穷者，天下之至言也。"秦观的词作情思细密，曲婉柔丽，常常将外景和心境交织在一起，组成情韵相生的意象。其作品具有缠绵曲折之韵，含蓄婉转之美。这组《如梦令》共五首，都是情景交融的佳作，韵流弦外，摹写淡淡的闺思。这首词当为秦观前期的作品，流露出一种恬淡雍容的闲情逸致。

　　"门外鸦啼杨柳，春色著人如酒"，展现出一派鸦啼杨柳的动人景象，在春风沉醉的日子里，佳人在做什么呢？"睡起熨沉香，玉腕不胜金斗"，佳人春睡起来，拿出精美的熨斗，用沉香来熏熨衣裳，室内飘动着阵阵芳香。如此明媚的春光，佳人何以不去游春踏青，却偏偏要在深闺里熨烫衣服呢？"消瘦，消瘦，还是褪花时候"，词人并没有直接回答，而是勾勒出一幅人与花瘦的画面，让读者自己细细体会。"消瘦"既是佳人仪容神态的描写，也是花褪残红景象的写照，可谓一语双关，内涵丰富。有了这句点题之语，前面的独守深闺、熨烫衣服之举也就找到了答案，女主人公是因思念而消瘦，她牵挂着远方的情人，将无尽的情思与爱意都熨进衣服里面。

　　短短三十三个字，写景叙事，细致入微，意蕴丰富。虽然是一位男性，秦观却常常站在女性的角度去体会她们细微复杂的心理活动，从小处着眼，注重刻画细节。这首词虽是小令，辗转腾挪的空间不大，但照样写得摇曳生姿，活灵活现。

如梦令
（其二）

遥夜沉沉如水①，风紧驿亭深闭②。梦破鼠窥灯③，霜送晓寒侵被④。无寐，无寐，门外马嘶人起。

[注释]

①遥夜：长夜。沉沉：低沉，深邃。②驿亭：古时供过往官员、差役换马停歇的馆舍。③梦破：从睡梦中惊醒。鼠窥灯：老鼠偷偷地望着灯盏，想吃里面的灯油。④侵被：侵入被窝。

[赏析]

如果将小令与其他艺术形式相比，很自然地会联想到邮票。一张邮票，不过方寸大小，照样可以展现江河奔流、万马奔腾的壮丽景观。小令不过短短几十个字，同样可以一咏三叹，写出丰富复杂的内涵。读这首词，可以体会小令方寸千里的艺术特色。

"遥夜沉沉如水，风紧驿亭深闭"，营造了一种凄清孤寂的意境：已是深夜时分，寒风袭人，驿亭的大门紧紧锁闭着。对于漂泊异乡的词人来说，这注定又是一个不眠之夜。这样的苦境，也许进入梦乡可以暂时逃避，但偏偏好梦不长。"梦破鼠窥灯，霜送晓寒侵被"，梦醒之后的景象更加凄冷：老鼠在偷窥昏暗的油灯，屋外布满晨霜，晓风穿透薄被，寒气逼人。"无寐，无寐，门外马嘶人起"，两个"无寐"连用，既是重复，也是强调，如此难耐的长夜不知道还有多少。门外马声嘶鸣，又到了该动身的时候，让人没有期待的一天又开始了。

整首词给人的感觉如果用一个字来概括的话，那就是：寒。这种寒透彻入骨，既是词人漂泊生活的记录，也是其内心感受的真实写照。这首词当为秦观被贬之后所作，写得凄婉感人。清人龚自珍《题红禅室诗尾》云："不是无端悲怨深，直将阅历写成吟。"意思是说，自己从来都不是无缘无故的悲怨，而是有感而发，将自己的阅历写成诗歌。诗歌如此，词也是如此。词人的悲怨不是没有缘故的，往往是个人身世和阅历的写照。秦观的一生曲折而坎坷，他出身于书香门第，才华横溢，史书称其"少豪隽，慷慨溢于文辞"，可惜他虽有用世之志，却因陷入新旧党争的漩涡，屡屡被贬流放，这无疑会影响到他的心绪，因人生失意而悲观幽怨。他此时的心态和感受，从这首小令中可见一斑。

如梦令
（其三）

幽梦匆匆破后，妆粉乱痕沾袖①。遥想酒醒来，无奈玉销花瘦②。回首，回首，绕岸夕阳疏柳。

[注释]

①"妆粉"句：意思是擦拭相思的泪水，脂粉沾在了衣袖上。②玉销花瘦：形容美女憔悴的样子。此处化用唐韩偓《思归乐》诗句："泪滴珠难尽，容殊玉易销。"

[赏析]

这首词写思妇，以梦构筑词境，写得凄婉动人。

"幽梦匆匆破后，妆粉乱痕沾袖"，展现了一个让人无法直视、心有不忍的情景：幽梦初醒，女子的泪水已经混合着粉妆，湿满衣襟，是被人抛弃，还是在思念远方的情人？没有人知道她为何如此悲伤。"遥想酒醒来，无奈玉销花瘦"，借酒浇愁愁更愁，酒醒之后，容颜憔悴，玉损肌瘦。寥寥数字，将女子的不幸境况渲染到极致，其中"乱"、"瘦"二字描摹女子十分传神，很有表现力，体现了秦观词注重炼字锻句，工巧妥帖的特点。

"回首，回首，绕岸夕阳疏柳"，回首，再回首，所能看到的只有夕阳下绕岸的疏柳。将无尽的思念和怨恨，通过对夕阳疏柳的描写烘托出来，可谓不着一字，尽得风流，这是秦观词作惯用的手法。宋人沈义父在《乐府指迷》中说："结句须要放开，含有余不尽之意，以景结情最好。"秦观的词作即是如此，善于在结语处以景作结，让人回味无穷。

在秦观词作中，写景叙事都是为了寄托幽思，带有浓厚的情感色彩。其所写人物、事情往往都是虚化的，唯其虚化，内涵更为丰富，既可以理解为男女别离的悲苦，也可以理解为词人身世的写照。比如这首词的"幽梦匆匆破后，妆粉乱痕沾袖"，可以看作女子梦醒之后的苦痛，也可以理解为词人人生悲苦的写照。尽管人物、事情是虚化的，但情感则是真挚的，以身世之感融入艳情，拓展了艳词的内涵，也提高了艳词的品格，这是秦观对艳词的重要贡献。

冯煦称秦观"以绝尘之才，早与胜流，不可一世，而一谪南荒，遽丧灵宝。故所为词，寄慨身世，闲雅有情思，酒边花下，一往而深，而怨悱不乱，悄乎得《小雅》之遗，后主而后，一人而已"。在品读秦观的词作时，要将其与词人的人生经历结合起来,放在一个大背景下进行观照,才能体会其言外之意,语外之旨。

如梦令
(其四)

楼外残阳红满,春入柳条将半。桃李不禁风,回首落英无限。肠断①,肠断,人共楚天俱远②。

[注释]

①肠断:形容内心悲痛至极。典出《世说新语·黜免》:"桓公入蜀,至三峡中,部伍中有得猿子者。其母缘岸哀号,行百余里不去。遂跳上船,至便即绝。破其腹中,肠皆寸寸断。"②楚天:南方的天空,指湖北、湖南一带。

[赏析]

这首词写伤春之情,明人吴从先在《草堂诗余隽》卷四眉批中评价该词:"对景伤春,于此词见矣。……因阳春景色而思故人心情,人远而思更远矣。"可见在对景伤春的作品中,这首词是具有代表性的。

起句"楼外残阳红满",写出一派暮春的景象:登上高楼远眺,极目所见,夕阳西下,晚霞残红。夕阳无限好,只是近黄昏。何以不写生机盎然、生命勃发的景色,而偏偏选择落日余晖的画面?词人显然是有深意的,他不是在记录春天,而是写出春天留在心中的感受。伤感也是一种色调,使眼前的意象带有鲜明的个人情感，抒写了韶华难留、人生易老引发的悲伤，是词人生命意识的自然流露。"春入柳条将半"，春天在哪里呢？它已融入柳丝的摇曳之中。"桃李不禁风，回首落英无限"，回首之间，风吹桃李，落红缤纷，不由人不起伤春之情。花草树木如此脆弱，人何以堪，特别是那些青春貌美的佳人，她们是否也在片片飞红的凄风苦雨中独自凋零？

"肠断，肠断，人共楚天俱远"，因伤春而生漂泊之感，这是情感的合理发展，也使全词的内涵更为丰富。楚天，此处泛指南方地域，也是词人贬谪流落之地。词人身处异乡，眼前的残阳、柳条、桃李、落花固然很美，但也更容易引发他的愁思，令人"肠断"。肠断，不仅是对落花伤春的感叹，更是对人在天涯、万事蹉跎的悲伤。

这首词当为秦观贬谪郴州时所作，这是其词风转变的一个重要阶段。年轻时期的秦观风流不羁，流连青楼歌舞，写有很多闺情之词。随后陷入新旧党争，仕途一再受挫，欢快闲适的情感逐渐变得凄婉忧伤。此时的词人前途未卜，一片迷茫，不知道该何去何从。眼前的晚霞、柳树、桃李等，也因个人的失意而变得暗淡。词人的风格逐渐走向平易，但却是"用力"者所不能达到的境界。

如梦令
（其五）

池上春归何处，满目落花飞絮。孤馆悄无人，梦断月堤归路①。无绪②，无绪，帘外五更风雨③。

[注释]

① 月堤：月光下的堤防。② 无绪：没有情绪，心情不好。③ "帘外"句：此处化用宋李清照《浪淘沙》词句："帘外五更风，吹梦无踪。"

[赏析]

这首词也是在写伤春之情，但与上一首写法不同。

开篇"池上春归何处，满目落花飞絮"，同样是写暮春，但场景不同，词人似乎在寻找春天的归处，满眼所见，池上落花飘零，柳絮纷飞，这种景象很容易引发流年易逝、青春难留的感叹。"孤馆悄无人，梦断月堤归路"，在这样一个容易伤感的季节里，词人孤身漂泊在外，梦醒之后，归路渺渺。"无绪，无绪"，叠词的反复，强化了词人内心无处安放的迷茫和无助。"帘外五更风雨"，如今只剩下风雨交加的黑夜与自己相伴了。

王安石曾写过这样的诗句："看似寻常最奇崛，成如容易却艰辛。"用这一诗句来评价秦观的词作颇为妥帖。表面上看，这首词不过是写词人伤春，实际上却写出秦观颇为复杂的内心世界，其中既有仕途受挫后的失意，也有漂泊在外的孤独；既有对时光流逝的感叹，也有对亲友的绵绵思念。但他都没有明说，而是通过暮春场景的描写流露自己哀伤的心绪，千言万语，化作"无绪"二字。

秦观后期有几首词作抒写自己在孤馆驿亭的羁旅愁绪，如《踏莎行》（雾失楼台）、《如梦令》（遥夜沉沉如水）等，这首词也是如此，由此可以看到秦观因人生遭受挫折而逐渐转变的词风和心绪。

秦观的这组《如梦令》多写离愁别绪，篇篇都是佳作，篇幅短小，内涵丰富，表面上看似平淡，实则意味深长，绵密细微，耐人寻味。

阮郎归
（其一）

褪花新绿渐团枝①，扑人风絮飞②。秋千未拆水平堤，落红成地衣③。　游蝶困，乳莺啼，怨春春怎知？日长早被酒禁持④，那堪更别离。

[注释]

① 团枝：围绕着树枝。② 风絮：随风飘洒的絮花，多指柳絮。柳絮又称杨花，宋晏殊《踏莎行》："春风不解禁杨花，蒙蒙乱扑行人面。"情景与此相似。③ 地衣：地毯，比喻落花飘落在地上像花毯一样。南唐李煜《浣溪沙》："红锦地衣随步皱，佳人舞点金钗溜。"④ 禁持：摆布。

[赏析]

这组《阮郎归》为秦观贬谪郴州时期的作品，龙榆生在《淮海先生年谱简编》中将其写作时间定为宋绍圣三年（1096）。杨世明在《淮海词笺注》中亦有类似的看法："此组词凡四首，时令不尽相同。其四（'湘天风雨破寒初'）当为三年底在郴州作，其余三首为三年作，然不尽作于郴。"这个时期是秦观词风发生改变的重要时期，随着仕途生涯的受挫，他在词作中融入更多身世之感及对人生的感悟。这四首《阮郎归》是秦观代表作《踏莎行》（雾失楼台）的先声，是其这一时期孤独迷惘、无奈失落心情的写照。

上片"褪花新绿渐团枝,扑人风絮飞。秋千未拆水平堤,落红成地衣",展现的是一幅春末夏初的景象:花朵逐渐褪去,新绿长满树枝,柳絮飞面,落红遍地,河水涨满堤坡,秋千还没拆下。眼前的景色在旁人看来也许是生机勃勃的体现,但在词人眼中,却有一种淡淡的伤感。有一种说法,认为上片暮春景象的描写正是北宋政治乱象的隐喻。当时旧党被排挤,新党重新上台,苏轼、黄庭坚、秦观等人被逐出京师。"风絮飞"、"落红成地衣"描写的就是旧党株连被革、四处零散的局面。此可备一说,但不可落得太实,因为秦观的词一向以含蓄著称。

下片"游蝶困,乳莺啼,怨春春怎知?日长早被酒禁持,那堪更别离",写词人的悲怨与愁绪。游蝶困倦,乳莺啼叫,在词人看来,都是对春天的埋怨,但这种埋怨春天怎么会知道呢?每日只好借酒浇愁,更不用说离愁别绪了。

秦观笔下的风景都是心中之景,带有浓郁的个人色彩,这首词写的是暮春,本该一派生机勃勃的景象,但经词人写出,遂充满悲怨哀伤之情。

阮郎归
(其二)

宫腰袅袅翠鬟松①,夜堂深处逢。无端银烛殒秋风②,灵犀得暗通③。　身有恨,恨无穷,星河沉晓空④。陇头流水各西东⑤,佳期如梦中。

[注释]

① 宫腰：细腰。《墨子·兼爱》："昔者楚灵王好士细腰，故灵王之臣皆以一饭为节，胁息然后带，扶墙然后起。"后人因此将细腰称作"楚腰"或"宫腰"。唐李商隐《碧瓦》："无双汉殿鬓，第一楚宫腰。"② 无端：不料，没想到。殒秋风：被秋风吹灭。③ 灵犀：犀牛角，相传有灵异。李商隐《无题》："身无彩凤双飞翼，心有灵犀一点通。"后指相爱的两人心心相通。④ 星河：银河。⑤ 陇头流水：比喻分离。古乐府《陇头歌辞》："陇头流水，流离山下。念吾一身，飘然旷野。"

[赏析]

这首词写词人与一位美貌佳人邂逅。

上片"宫腰袅袅翠鬟松，夜堂深处逢"，讲述词人与佳人夜堂相逢之事。先是写女子的容貌：纤纤细腰，翠鬟蓬松，如此楚楚动人，不由让人心生爱慕之情。"无端银烛殒秋风，灵犀得暗通"，天遂人愿，一阵秋风吹灭了蜡烛，得以与佳人灵犀暗通。寥寥几笔，既有细节的描写刻画，又交代了事情的整个过程，写得细微如画。

下片"身有恨，恨无穷，星河沉晓空"，笔锋一转，从两人的欢会写到分别的怨恨，萍水相逢，短暂的相聚之后注定是长久的分别。相互厮守而不可得，自然心里是充满怨恨，是在恨上天的不公平，还是在恨命运的摆布，也许只有浩瀚的星河知道。"陇头流水各西东，佳期如梦中"，愁也罢，恨也罢，最终的结局如同陇头的流水，只能是各奔东西。美好的时光转瞬即过，如梦如幻。

这首词写人叙事，既描绘了佳期的美好，又写出分离的怨恨。词人以细腻柔婉之笔写敏锐精微之感，缠绵动人。在作品中，词人抒发的不仅仅是儿女情长的感叹，还有自己的人生体验。词中所写的"恨"指男女之间的离愁别恨，又何尝不是词人历经政治风雨之后的愁怨。秦观词作情感的表达大多比较含蓄，政治上屡受迫害，使得他的一些人生感慨以更为隐晦的方式表现出来，要将其词作与人生经历结合起来才能作更深入的解读。世间美好的东西如同词中所写的艳遇，往往是转瞬即逝，不可捉摸，令人产生一种漂泊无依之感。这种感受不仅是身体的，更是心灵的。

阮郎归
（其三）

潇湘门外水平铺①，月寒征棹孤。红妆饮罢少踟蹰，有人偷向隅②。　挥玉箸③，洒真珠，梨花春雨余④。人人尽道断肠初⑤，那堪肠已无。

[注释]

①潇湘门：古时衡阳城有潇湘门，或指此处。②向隅：面向角落，指闷闷不乐的样子。典出西汉刘向《说苑·贵德》："今有满堂饮酒者，有一人独索然向隅而泣，则一堂之人皆不乐矣。"③玉箸：指女子的眼泪。南朝梁刘孝威《独不见》："谁怜双玉箸，流面复流襟。"④"梨花"句：比喻女子的眼泪。此处化用唐白居易《长恨歌》诗句："玉容寂寞泪阑干，梨花一枝春带雨。"⑤人人：所恋之人。

[赏析]

　　这是秦观贬居郴州时期所写的作品,将男女离别写得极为悲苦,明人杨慎批《草堂诗余》:"此等情绪,煞甚伤心。秦七太深刻矣!"与其他作品的含蓄、克制相比,秦观这首词情感浓烈鲜明,具有很强的感染力。

　　上片"潇湘门外水平铺,月寒征棹孤",描绘了一幅月夜离别图:潇湘门外,月华如水,江水迢迢,寒意阵阵,词人即将乘坐一叶扁舟远去。"红妆饮罢少踟蹰,有人偷向隅",佳人饮下送行酒,心乱如麻,愁肠百结,是谁在悄悄流泪?

　　下片"挥玉箸,洒真珠,梨花春雨余",承接上片,详细描绘佳人哭泣的场面。前文已写过"有人偷向隅",此处再写,意在渲染和强调。可以想象,佳人如此伤心,词人的内心该是何等痛苦。于是引出结语"人人尽道断肠初,那堪肠已无",人可以痛苦到何等程度?佳人已是痛到肠断,可是她哪里知道,词人此刻已到"肠已无"的程度,用"断肠"已经无法形容其内心的悲伤。此处将悲伤写到极致,将无形的苦痛写得具体可感。

　　这组《阮郎归》以羁旅生活的愁怨及对故乡亲友的思念为基调,其中写得最为悲苦的,莫过这首。遭受贬谪之后漂泊流离,本来就是人生之大不幸,又再经历生死别离,可以想象词人的心情该是何等痛苦。词人并没有直接描写自己的痛苦,而是借佳人的哭泣作为衬托,至结语处,翻出新意,不仅将痛苦写到极致,而且化无形为有形,让读者可以深切地感受到,具有很强的感染力。

阮郎归

(其四)

湘天风雨破寒初①,深沉庭院虚。丽谯吹罢小单于②,迢迢清夜徂③。 乡梦断,旅魂孤④,峥嵘岁又除⑤。衡阳犹有雁传书⑥,郴阳和雁无⑦。

[注释]

①湘天:湖南的天气。破寒初:冲破乍暖还寒的寒冷。②丽谯:华丽的高楼,指城门上的更鼓楼。小单于(chán yú):唐时大角曲名。《乐府诗集·横吹曲辞四·梅花落》:"《梅花落》,本笛中曲也。按唐大角曲亦有《大单于》、《小单于》、《大梅花》、《小梅花》等曲,今其声犹有存者。"唐李益《听晓角》:"无限塞鸿飞不度,秋风卷入小单于。"③迢迢清夜徂:意思是静静的长夜正在逝去。唐杜甫《倦夜》:"万事干戈里,空悲清夜徂。"徂,往,去。④"乡梦"二句:杜甫《夜》:"露下天高秋水清,空山独夜旅魂惊。"⑤"峥嵘"句:意思是又过了不平常的一年。岁除,除夕。南朝鲍照《舞鹤赋》:"岁峥嵘而愁暮。"唐孟浩然《岁暮归南山》:"白发催年老,青阳逼岁除。"⑥"衡阳"句:意思是衡阳虽然远离故土,但还有大雁飞信传书。宋陆佃《埤雅》:"鸿雁南翔,不过衡山。盖南地极燠,雁望衡山而止,恶热故也。"雁传书,典出《汉书·苏武传》:"昭帝即位数年,匈奴与汉和亲,汉求武等,匈奴诡言武死。后汉使复至匈奴,常惠请其守者与俱,得夜见汉使,具自陈道,教使者谓单于言:'天子射上林

中,得雁,足有系帛书,言武等在某泽中。'使者大喜,如惠语以让单于。单于视左右而惊,谢汉使曰:'武等实在。'"⑦郴阳:今湖南郴州。在衡阳之南,道路艰险,书信难传。和雁无:连大雁都没有。

[赏析]

这首词写于绍圣三年(1096)底,为秦观初到郴州时所作,抒写谪居郴州的失意落寞以及对远方亲友的思念之情。

上片"湘天风雨破寒初,深沉庭院虚",一股清冷之气扑面而来。"湘天"点出词人此时身处湖南,仕途上的挫折坎坷让他无法释怀。屋外凄风苦雨,词人独守孤院,空寂冷落,其凄凉悲苦的心境于此可见。"丽谯吹罢小单于,迢迢清夜徂",城楼上响起呜咽悲鸣的笛声,漫漫长夜就这样在笛声中度过。

下片从景物的描写转向内心的独白,抒发羁旅之苦、思乡之情。"乡梦断,旅魂孤,峥嵘岁又除",每逢佳节倍思亲,何况是身在异乡的旅魂,本该充满喜庆色彩的除夕就这样在孤单寂寞中熬过。失意落魄的一年就这样过去了,新的一年又这样来到。但是,未来的一年值得期待吗?"衡阳犹有雁传书,郴阳和雁无",结尾两句翻新出奇,将词人"乡梦断"之苦写到极致,衡阳还有大雁可以飞信传书,而在郴州,则是连大雁都飞不过来。此前还能偶尔"驿寄梅花,鱼传尺素",如今则音信皆无,连飞信传书的大雁都到不了这里,更何况是人。语言间透出的不仅仅是悲伤,更是一种绝望。苏轼说自己曾经历过"平生亲友,无一字及见,有书与之亦不答"的窘况,如今词人也陷入了这样的处境。难怪明人沈际飞在《草堂诗余》的评价中,对这首词只用了两个字:"伤心!"

这组《阮郎归》系词人被贬郴州后所作,主要写思乡、愁怨,这也是秦观后期作品主要的基调,反映了他这一时期的生活及感受。秦观虽与苏轼交往密切，但他性格敏感纤弱，与苏轼乐观豁达的处世态度不同，胡仔在其《苕溪渔隐丛话》中对秦观曾有这样的评价："情钟世味，竟恋生理，一经迁谪，不能自释。"意思是说秦观钟情世俗生活，留恋人生，一旦遭到贬谪，内心的愁怨无法排解，念念不忘。同是遭受挫折和不幸，两人对待的方式不同，作品也存在着较大的差异。可以将两人的相关作品放在一起进行阅读，比较其中的异同。

满庭芳
（其一）

　　北苑研膏①，方圭圆璧②，万里名动京关。碎身粉骨③，功合上凌烟④。尊俎风流战胜⑤，降春睡、开拓愁边⑥。纤纤捧，香泉溅乳⑦，金缕鹧鸪斑⑧。　　相如方病酒⑨，一觞一咏⑩，宾有群贤。便扶起灯前，醉玉颓山⑪。搜揽胸中万卷，还倾动、三峡词源⑫。归来晚，文君未寝⑬，相对小妆残。

[注释]

　　① 北苑：宋代贡茶产地，在今福建建瓯。研膏：一种茶的名字。《能改斋漫录》卷十五引《画墁录》："贞元中，常衮为建州刺史，始蒸焙而研之，谓之研膏茶。"② 方圭圆璧：宋时茶饼多制成方形或者圆形，这里以"圭"和"璧"来比喻茶饼。③ 碎身粉骨：指茶叶被研磨成细碎的粉末。宋黄庭坚《奉同六舅尚书咏茶碾煎烹三首》（其一）："碎身粉骨方余味，莫厌声喧万壑雷。"④ 凌烟：凌烟阁，古时为表彰功臣而建的绘有功臣图

像的高阁。作者从茶研磨成粉联想到凌烟阁，借以称颂茶的功绩。⑤尊俎：酒或筵席。此处的意思是茶能解酒。⑥降春睡：指茶能让人精神振奋，消除困意。开拓愁边：指茶能消愁。西晋刘琨《与兄子南兖州刺史演书》："吾患体中烦闷，常仰真茶，汝可信致之也。"⑦香泉溅乳：用山泉水沏出的好茶。唐陆羽《茶经》："山水上，江水中，井水下。其山水，砾乳泉、石池，漫流者上。"唐皮日休《煮茶》："香泉一合乳，煎作连珠沸。"⑧金缕：指把茶包装得很华美。鹧鸪（zhè gū）斑：沏茶之后碗中呈现的斑点。宋杨万里《陈寋叔郎中出闽漕别送新茶李圣俞郎中出手分似》诗云："鹧鸪碗面云萦字。"⑨相如：司马相如，字长卿，西汉辞赋家，四川成都人。典出《西京杂记》卷二："长卿素有消渴疾，及还成都，悦文君之色，遂以发痼疾，乃作《美人赋》，欲以自刺，而终不能改，卒以此疾至死。"病酒：因酒而病，古人认为消渴疾（糖尿病）系饮酒所致。唐李商隐《汉宫词》："侍臣最有相如渴，不赐金茎露一杯。"⑩一觞一咏：指兰亭的曲水流觞，饮酒赋诗。语出王羲之《兰亭集序》："又有清流激湍，映带左右，引以为流觞曲水。列坐其次，虽无丝竹管弦之盛，一觞一咏，亦足以畅叙幽情。"⑪醉玉颓山：指酒醉后的神态。典出《世说新语·容止》："嵇叔夜之为人也，岩岩若孤松之独立；其醉也，傀俄若玉山之将崩。"这里用玉山将崩来形容嵇康醉酒后风度非凡。唐李白《襄阳歌》："清风朗月不用一钱买，玉山自倒非人推。"⑫三峡词源：这里指文思泉涌，像三峡水流一样源源不断。三峡，指巫峡、瞿塘峡、西陵峡，水流湍急。唐杜甫《醉歌行》："词源倒流三峡水，笔阵独扫千人军。"⑬文君：即卓文君。

[赏析]

这首词一些版本题作"咏茶"，这是该词的主要内容，当作于词人任职汴京时。

上片"北苑研膏,方圭圆璧,万里名动京关",先写茶的名贵。产自北苑的研膏茶,其形似圭如璧,享有美誉,声传万里,名动京关。"碎身粉骨,功合上凌烟","碎身粉骨",写出茶被研磨之后的形态,由此联想到为国捐躯的将士,于是有"上凌烟"之语,以此盛赞茶的功用。"尊俎风流战胜,降春睡、开拓愁边",具体描述茶的功用,可以醒酒,可以解除春困,可以消愁,由此数端,自然是大大有功。最后写茶之可观,"纤纤捧,香泉溅乳,金缕鹧鸪斑",茶不仅可品可饮,而且可观,佳人纤纤玉手捧出茶杯,香泉之水沸腾,茶叶沏过之后呈现出特有的斑纹,这是何等令人沉醉的景象。

下片笔锋一转,以酒写茶,通过司马相如写出饮茶的雅趣。"相如方病酒,一觞一咏,宾有群贤",写出开怀饮酒的场景。此处使用了司马相如病酒的掌故,据《西京杂记》记载,司马相如因饮酒而患有消渴之疾。等他到成都的时候,贪恋卓文君的美色,饮酒不加节制,旧病复发,遂作《美人赋》以警示自己,但是一直改不掉贪杯的习惯,最后因此病而死。"便扶起灯前,醉玉颓山",写出醉酒后的仪态;"搜揽胸中万卷,还倾动、三峡词源",则写出醉酒后的文思泉涌。此处典出杜甫的《醉歌行》:"词源倒流三峡水,笔阵独扫千人军。"以三峡滔滔奔流的江水来形容创作的文思泉涌,形象贴切。"归来晚,文君未寝,相对小妆残",最后则以卓文君作结,描绘了一个浪漫温馨的场景:司马相如很晚才从外面归来,此时卓文君还未睡,小妆以待。自古茶酒不分,以酒写茶,侧面映衬烘托,这是词人的高超之处。

秦观的词多为写景之作,咏物则不多见。这首词在秦观词作中是较为独特的,其中所体现的那种豪气也是不多见的。和其他作品不同,这首词以酒代茶，少了脂粉气，多了英雄的豪迈。鲁迅在《"题未定"草（六）》一文中曾这样评价陶渊明："除论客所佩服的'悠然见南山'之外，也还有'精卫衔微木，将以填沧海。刑天舞干戚，猛志固常在'之类的'金刚怒目'式，在证明着他并非整天整夜的飘飘然。"这一评价用在秦观身上也是合适的。其性格和词风是多面的，并不只是婉约一种，他的词作并非全都是在写男欢女爱，离愁别恨，也有豪情的抒发。秦观具有这种风格的词作除了这首《满庭芳》外，还有《望海潮》（星分牛斗）等。众所周知，"豪放"是苏东坡词的一大特点。刘熙载在其《艺概》中说苏词"若其豪放之致，则时与太白为近"。苏轼与秦观亦师亦友，秦观的这种豪放词风是否受到苏轼的影响呢？这是一个值得探讨的问题。

满庭芳
（其二）

晓色云开，春随人意，骤雨才过还晴。古台芳榭，飞燕蹴红英①。舞困榆钱自落②，秋千外、绿水桥平。东风里，朱门映柳，低按小秦筝③。　多情，行乐处，珠钿翠盖④，玉辔红缨⑤。渐酒空金榼⑥，花困蓬瀛⑦。豆蔻梢头旧恨⑧，十年梦、屈指堪惊⑨。凭阑久，疏烟淡日，寂寞下芜城⑩。

[注释]

①"飞燕"句：意思是燕子站在落花上。唐杜甫《城西陂泛舟》："鱼吹细浪摇歌扇，燕蹴飞花落舞筵。"蹴（cù），踏，踩。②榆钱：榆荚，

一种春天长出的形状像串串铜钱一样的榆树的果实或种子。③小秦筝：古筝，相传为秦人蒙恬所制，故名秦筝。④珠钿：用珠宝做成的首饰。翠盖：用翠鸟毛做成的车盖。⑤玉辔：饰有玉石的缰绳马具。红缨：勒在马腹两侧的红色皮带。⑥金榼（kē）：华贵的酒具。⑦蓬瀛：蓬莱、瀛洲，传说中海上的仙山。《史记·封禅书》："自威、宣、燕昭使人入海，求蓬莱、方丈、瀛洲。此三神山者，其传在渤海中，去人不远。患且至，则船风引而去。"这里借指歌妓所居之所。⑧"豆蔻"句：此处化用唐杜牧《赠别》诗句："娉娉袅袅十三余，豆蔻梢头二月初。"⑨"十年"句：此处化用唐杜牧《遣怀》诗句："十年一觉扬州梦，赢得青楼薄幸名。"⑩芜城：指扬州。北魏南侵及南朝宋竟陵王刘诞之乱时，扬州遭受过两次重大破坏，遂致荒芜。鲍照曾写有《芜城赋》，后人因此将扬州称作"芜城"。

[赏析]

　　南宋何士信所编词选《草堂诗余》中收录这首词，题作"春景"，将其归入"春景"类。写作时间当在元丰三年（1080）春。此时秦观从会稽返乡，或闭门读书，或游历江南，过着较为闲适的生活。不过也有不同看法，清人黄苏所编《蓼园词选》中亦收入该词，并云"此必少游谪后作"。他认为在追忆男女情思之外，还有另外的寓意。不过从全词的内容及风格来看，当为秦观早年所作，此处取前一种说法。

　　上片"晓色云开，春随人意，骤雨才过还晴"，先从天气写起，描写了一幅雨过天晴后的明媚春光图，其基调是明艳、欢快的。接下来，详细描绘春天的景致。"古台芳榭，飞燕蹴红英"，亭台楼榭间，飞燕穿梭，不时站在落花上。"舞困榆钱自落，秋千外、绿水桥平"，榆钱在空中飞舞，缓缓飘落，秋千外，春水已经涨到要与小桥齐平了。随后词人的视线从景写到人。"东风里,朱门映柳,低按小秦筝",春光无限,柳丝掩映的朱门内,传来婉转悠扬的秦筝之声。在词人笔下,春色如此美好,令人陶醉。明人李攀龙在《草堂诗余隽》中这样评价该词:"秋千外,东风里,字字奇巧。疏烟淡日,此时之情还堪远眺否?""就暗中描出春色,林峦欲滴。就远处描出春情,城郭隐然如无。"

下片"多情,行乐处,珠钿翠盖,玉辔红缨",开始追忆自己冶游扬州的风流时光:在青楼这些行乐之所,满眼皆是"珠钿翠盖,玉辔红缨",一派艳丽喧闹的景象。"渐酒空金榼,花困蓬瀛",推杯换盏,把酒尽欢,飘飘欲仙,仿佛身在蓬莱。"豆蔻梢头旧恨,十年梦、屈指堪惊",这里连续化用唐杜牧的诗句,借以表达内心的感慨。当年和青楼歌女们有多少离恨情仇,青春时光不知不觉就这样流逝了。最后作者从往日的回忆回到眼前的现实,"凭阑久,疏烟淡日,寂寞下芜城",凭栏眺望,疏烟淡日,夕阳西下也就意味着一天的过去,意味着时光的流逝。一切都已是过去,转眼即成往事,让人感到一丝寂寞,词人有一种黯然自伤的情绪。是在追忆如水逝去的年华,还是在思念那些曾经相识的佳人?这首词写出了词人早年风流快乐的生活,与后来的愁苦之词形成鲜明对比。

上片写明媚的春光,下片写昔日行乐生活的回忆,以伤感而终。全词通过一天天气阴晴及日出日落的变化,写出词人微妙的情感波动,从明丽转为黯淡,欢快变为沉抑,转承自然,含蓄婉转,令人回味。俞陛云在其《唐五代两宋词选释》中称这首词"前写景,后言情,流利轻圆,是其制胜处。"

满庭芳

（其三·茶词）

雅燕飞觞①，清谈挥麈②，使君高会群贤③。密云双凤④，初破缕金团⑤。窗外炉烟似动，开瓶试、一品香泉。轻淘起，香生玉尘⑥，雪溅紫瓯圆⑦。　　娇鬟，宜美盼⑧，双擎翠袖，稳步红莲⑨。坐中客翻愁，酒醒歌阑。点上纱笼画烛，花骢弄⑩、月影当轩。频相顾，余欢未尽，欲去且留连。

[注释]

①雅燕：雅集宴饮。燕，通"宴"。②清谈：亦称玄谈、玄言，始于三国时何晏、王弼等人，从品评人物转向以玄谈为主。到晋代王衍，谈玄之风盛行。挥麈（zhǔ）：挥动麈尾。晋人清谈时，常挥动麈尾以为谈助，后因此称谈论为挥麈。麈，古书上指鹿一类的动物，尾巴可以做拂尘。③使君：汉以后对州郡长官的尊称。高会：盛会，盛宴。④密云：茶名，又称为"密云龙"。《词品》卷三："密云龙，茶名，极为甘馨。"双凤：指大小凤团，均为茶饼。⑤缕金团：用金丝包装起来的茶饼。宋苏轼《行香子》："看分香饼，黄金缕，密云龙。"⑥玉尘：形容磨碎的茶粉。宋人饮茶，通常先将茶饼碾碎。宋黄庭坚《品令·茶词》："金渠体净，只轮慢碾，玉尘光莹，汤响松风。"⑦紫瓯（ōu）：紫砂的茶盏。⑧美盼：顾盼生怜的意思。典出《诗经·卫风·硕人》："巧笑倩兮，美目盼兮。"⑨红莲：指女子所穿的红鞋。⑩花骢：青白色的马，又名"菊花青"。

[赏析]

　　这首词当作于元丰二年（1079）秦观游览会稽时。当时他常与郡守程公辟宴饮雅集。

　　上片描绘高朋满座、品茶饮酒的宴饮场面。"雅燕飞觞，清谈挥麈，使君高会群贤"，展示了一幅热闹欢快的场景：郡守大摆筵席，盛情款待群贤，众人觥筹交错，高谈阔论。接着详细描绘沏茶的全过程。"密云双凤，初破缕金团"，打开了包装精美的名茶密云龙。"窗外炉烟似动，开瓶试、一品香泉"，名茶需要好水沏，窗外烟云缭绕，炉火烧得正旺，将盛着香泉的瓶子打开。"轻淘起，香生玉尘，雪溅紫瓯圆"，轻轻碾碎茶饼，空气中弥漫着茶叶特有的香气，将纯洁如雪的香泉倒进精美的茶杯里。细节和场面的摹写生动传神，为下片做铺垫。如此详尽描写沏茶的过程，照应了题目"茶词"，也赞美了郡守对宾客的雅意。

　　下片由茶及人，描写宴饮过程中红粉佳人出场的动人情景。"娇鬟，宜美盼，双擎翠袖，稳步红莲"，那些娇美可爱的女子明眸善睐，顾盼生辉，翠袖飞舞，穿着红鞋走过，如步步生莲，宛若天仙下凡。"坐中客翻愁，酒醒歌阑"，如此惊艳的场面却触动了座中宾客的愁绪，直到酒醒之后，耳边还萦绕着婉转的歌声。之所以产生愁绪，大概是担心眼前的景象过于短暂，难以再续吧。"点上纱笼画烛，花骢弄、月影当轩"，盛大的宴会持续一天，直到月出上灯时分才结束。众人牵着骏马，准备离开。"频相顾，余欢未尽，欲去且留连"，但是众人相互回视，都感到意犹未尽，起身欲走，却又留恋难舍。他们是在留恋茶水的余香，还是在留恋美貌的红颜？

　　秦观一生所写，以悲苦之词居多，像这首词写得如此欢快的，较为少见，由此也可见秦观词风之多元。从一次茶宴入手，记录词人早年的生活，展现了古代文人生活的另一面。自唐代以来,随着文人饮茶风气的兴盛,涌现了大量咏茶诗。入宋之后,茶逐渐进入词作,给词带来新的艺术表现空间,同时也反映了北宋文人生活的诗意与情趣。在此方面,秦观是有开拓之功的,从他的两首茶词来看,他不仅好茶,而且懂茶,饮茶是其人生中的一个重要组成部分。饮茶不但与其生活息息相关,也体现其人生的情调和雅致。茶与诗词,也是中国文学史上一个很重要的话题。

桃源忆故人

玉楼深锁薄情种①,清夜悠悠谁共。羞见枕衾鸳凤②,闷即和衣拥。　无端画角严城动③,惊破一番新梦。窗外月华霜重④,听彻梅花弄⑤。

[注释]

① 玉楼:华美的楼阁。唐李白《宫中行乐词八首》之二:"玉楼巢翡翠,珠殿锁鸳鸯。"② 羞见:怕见。枕衾鸳凤:即凤枕鸳衾。③ 无端:没由来。画角:古代乐器名,相传创自黄帝,或曰传自羌族,以竹木或皮革制成,外加彩绘,故称"画角",一般在黎明和黄昏之时吹奏,高亢动人,古代军中常用来警报昏晓、振奋士气。严城:防守严密的城池。④ 月华:月光。梁元帝《乌栖曲》:"复值西施新浣纱,共向江干眺月华。"宋范仲淹《御街行》:"年年今夜,月华如练,长是人千里。"⑤ "听彻"句:意思是听完《梅花三弄》。梅花弄,《梅花三弄》的省称,为汉横吹曲名。本为笛曲,后为琴曲,全曲主调出现三次,故称。

[赏析]

　　这首词写一位闺中佳人在冬夜里的寂寞情怀。

　　上片"玉楼深锁薄情种,清夜悠悠谁共",直接点出女子的不幸处境。她为情所困,深锁玉楼,思念着远方的那位薄情郎。"薄情种"未必是真的薄情,这是从佳人的角度来说的,但其怨恨的心绪则是真实的。寒夜漫漫,自己该与谁一起度过呢?"羞见枕衾鸳凤,闷即和衣拥",写出女子寂寞烦闷的心情,仅仅是看到"枕衾鸳凤",就引起"羞见"的内心反应,可见女子的悲苦已到了何等程度。因烦闷和衣而卧,但是如此牵肠挂肚,她能安稳入睡吗?略加点染,将女子的思念之苦写到极致。明人李攀龙在《草堂诗余隽》中评价这两句词:"不解衣而睡,梦又不成,声声恼杀人。"

　　下片转向写景,继续描写女子的悲苦。"无端画角严城动,惊破一番新梦",城头响起呜咽凄凉的画角声,将女子从梦中惊醒。从"新"字可知女子此前还做过很多旧梦。梦而不可得,长夜难眠,该如何熬过呢?"窗外月华霜重,听彻梅花弄",词人没有给出答案,转而将目光投向窗外,只见月光清冷,漫天寒霜,空中隐隐传来凄婉的乐曲声,那是有人在吹奏《梅花三弄》。

　　秦观的思妇词往往从景写起,渲染烘托,再由景及人。这首词则先写人,最后以景作结,同样写得情景交融,感人至深。明人杨慎对该词有四个字的评价,即"自是凄凉"。

　　钱锺书在其《宋诗选注》序中曾说过这么一段话:"据唐宋两代的诗词看来,也许可以说,尤其是在封建礼教眼开眼闭的监视之下那种公然走私的爱情,从古体诗里差不多全部撤退到近体诗里,又从近体诗里大部分迁移到词里。"这段话谈到中国古代文人情感在文体中的迁移过程,特别是男女之间的恋情,从古体诗迁移到近体诗,再从近体诗迁移到词中。可见写男女之情是词的核心内容之一,秦观被后人尊为词之正宗,这也是一个重要的原因。秦观词作大多写男女之情,不外男女的离别和相思,但每首词都写出了自己的特点,同中有异,这是很见艺术功力的。

调笑令

(十首并诗)

1. 王昭君①

诗曰

汉宫选女适单于②,明妃敛袂登毡车③。玉容寂寞花无主④,顾影低回泣路隅。行行渐入阴山路⑤,目送征鸿入云去⑥。独抱琵琶恨更深⑦,汉宫不见空回顾。

曲子

回顾,汉宫路,捍拨檀槽鸾对舞⑧。玉容寂寞花无主,顾影偷弹玉箸⑨。未央宫殿知何处⑩?目送征鸿南去。

[注释]

①王昭君：名嫱，字昭君，西汉南郡秭归（今属湖北）人。汉元帝时被选入宫。竟宁元年（前33），匈奴呼韩邪单于入朝求和亲，昭君自请嫁于匈奴。②单于（chán yú）：匈奴最高首领的称号。③明妃：即王昭君。晋石崇《王明君辞序》："王明君者，本为王昭君，以触文帝讳，故改。"文帝即晋文帝司马昭。④"玉容"句：此处化用唐白居易《长恨歌》诗句："玉容寂寞泪阑干，梨花一枝带春雨。"⑤阴山：在今内蒙古自治区中部，自古为南北交通要道。⑥"目送"句：典出晋石崇《王明君辞》："愿假飞鸿翼，乘之以遐征。飞鸿不我顾，伫立以屏营。"⑦琵琶：一种通过丝绸之路从西域传来的弹拨乐器。晋石崇《王明君辞序》："昔公主嫁乌孙，令琵琶马上作乐，以慰其道路之思。其送明君，亦必尔也。"⑧捍拨：弹奏琵琶所用的拨子。檀槽：檀木制成的琵琶上架弦的槽格。⑨玉箸：女子的眼泪。⑩未央宫殿：西汉宫殿名，故址在今陕西西安西北。

[赏析]

这组《调笑令》共十首，有着较为固定的形式，皆为前诗后曲，诗为七古，曲为调笑令。曲子是词的别称。这是文学史上一种颇为独特的诗歌体裁。

《调笑令》在唐代即已出现，如戴叔伦、韦应物、王建等人皆写有《调笑》词，但诗、词结合在一起的形式，则是宋代才有的。题材多为男女相思、离愁别恨，以女性为吟咏对象。每一组诗曲吟咏一事，诗末二字与曲子开头二字相同，形成顶针格。这是北宋时期流行于汴京的一种民间歌舞形式，即调笑转踏。所谓转踏，王国维在《宋元戏曲史》一书中是这样概括的："北宋之转踏，恒以一曲连续歌之。每一首咏一事，共若干首，则咏若干事。"其中的诗歌当时一般称作"致语",主要概述故事情节,用来朗诵,为后面的词做铺垫;曲子即词,则侧重抒情,供演员吟唱。由此也可看出词发展成熟之后与诗的分工,这种艺术形式对后来的戏曲产生了较大影响。

这十首《调笑令》作于元祐五年至七年(1090—1092)秦观在汴京任职期间,当是为歌妓的演唱而创作的。这一时期秦观与歌妓有较多往来,这些作品也可以看作秦观当时生活的一个侧面反映。后来秦观连续被贬南方,生活发生改变,也就没有创作这类作品的机会和兴致了。秦观是较早创作调笑转踏的词人之一,不仅形式上有所创新,题材内容上也颇有特色,在当时流传甚广。由于体式短小,不适合表现复杂的故事,秦观通常截取其中的一段内容加以表现。

王昭君出塞和亲的故事在《汉书》、《后汉书》中皆有记载,在古代流传甚广,并被改编成小说、戏曲,如《梧桐雨》、《汉宫秋》、《和戎记》、《和番记》、《双凤奇缘》等,成为一个重要的文学及文化现象。这组作品写昭君出塞之事,强调其独自北上远嫁的悲苦,对其遭遇给予深深的同情。前面诗歌部分描写王昭君出塞路上所见景象及心情,选取故事中最为动人的部分加以描绘和渲染,写出昭君被迫远嫁、难舍故土的情怀。

后面的曲子在内容上与诗歌基本相同,重在描写王昭君北行路上的神态及心情,"玉容寂寞花无主",化用唐白居易《长恨歌》诗句,写出王昭君寂寞幽怨的心情。结语"目送征鸿南去",将王昭君悲苦无奈的心情写得具体可感。连征鸿都可以南去,而自己却只能朝着相反的方向行进。

这组作品写人叙事,善于渲染,有民间文艺作品的风格。《古今词统》曾点出这一特点:"前数行,疑是元人宾白所自始。被之管弦,竟是董解元数段。"意思是说,前面数行,颇让人怀疑是元人杂剧宾白的开端。用管弦演奏，俨然就是金董解元《西厢记诸宫调》了。值得注意的是，此处点出了这种调笑转踏与戏曲之间的渊源关系。

2. 乐昌公主①

诗曰

金陵往昔帝王州②，乐昌主第最风流。一朝隋兵到江上，共抱凄凄去国愁③。越公万骑鸣箫鼓④，剑拥玉人天上去⑤。空携破镜望红尘，千古江枫笼辇路⑥。

曲子

辇路，江枫古，楼上吹箫人在否？菱花半璧香尘污⑦，往日繁华何处？旧欢新爱谁是主，啼笑两难分付。

[注释]

① 乐昌公主：南陈太子舍人徐德言之妻、后主之妹。据唐孟启《本事诗·情感》记载：徐德言与其妻乐昌公主担心国破后两人不能相保，因破一铜镜，各执其半，约于他年正月望日卖破镜于都市，冀得相见。后陈亡，公主没入越国公杨素家。德言依期至京，见有苍头卖半镜，出其半相合。
② 金陵：今江苏南京。为东吴，东晋，南朝宋、齐、梁、陈六个朝代的都城，即所谓六朝古都。南朝齐谢朓《入朝曲》："江南佳丽地，金陵帝王州。"③ "一

朝"二句：指隋开皇九年（589），隋军渡江攻打金陵，俘获陈后主、太子诸王及公主、后妃等。④越公：即杨素。他初随周武帝，后仕隋，率军大举伐陈，被封为越国公。⑤玉人：这里指乐昌公主。⑥辇路：这里指乐昌公主被掳后车行北去的道路。⑦菱花：菱花镜，泛指镜子。

[赏析]

　　这组作品写的是乐昌公主，与这个名字相关联的是一段极富戏剧色彩的爱情故事。南陈末年，朝政紊乱，国家危亡，徐德言与妻子乐昌公主担心国家破亡后两人不能相保，遂打破一面铜镜，各持一半，相约某年正月十五在都市中出售破镜，以求重逢。后来陈朝灭亡，乐昌公主没入越国公杨素家。徐德言按照原先的约定来到京城，看见有位苍头在卖半面铜镜，就拿出自己所持的那一半，放在一起，正好相合。杨素知道这件事后，将乐昌公主归还徐德言，夫妻因此得以团圆。诗歌、曲子都是选取破镜重圆故事的一个片段进行吟咏。

　　前面的诗歌部分以叙事为主，描述了乐昌公主和徐德言因战乱而流散的经过。"金陵往昔帝王州，乐昌主第最风流"，介绍乐昌公主出身高贵，生活奢华。这位乐昌公主是陈后主之妹，才色冠绝一时。但是好景不长，"一朝隋兵到江上，共抱凄凄去国愁"，隋兵渡江灭陈，俘获陈后主、太子、公主等，乐昌公主也未能幸免，被掳北上。"越公万骑鸣箫鼓，剑拥玉人天上去"，描绘了越公杨素率领千军万马，掳走乐昌公主的情景。"空携破镜望红尘，千古江枫笼辇路"，而乐昌公主只能徒劳地带着半面破镜，忧伤地面对千古江枫掩映的漫漫长路。

　　曲子部分从事件的讲述转向抒发离愁别绪。"辇路，江枫古，楼上吹箫人在否"，以乐昌公主被掳北上的场景开篇，眼前只有千古江枫掩映的漫漫长路，那位楼上吹箫的佳人如今在哪里呢？"菱花半璧香尘污，往日繁华何处"，手执半面菱花破镜，昔日的富贵繁华又在哪里呢？词人不断转换时空，进行今昔对比，渲染乐昌公主不幸的遭遇。"旧欢新爱谁是主，啼笑两难分付"，一边是难以割舍的旧欢，一边是权势熏天的新爱，到底该何去何从？真是令人啼笑不得，难以决断，这是词人对乐昌公主内心活动的揣摩和描写。

从诗、词结合的形式来看，调笑转踏主要以第三人称的方式进行演唱，演唱者虽然可以模仿人物的神态和动作，但和戏曲的代言体不同，可以看作戏曲的一种雏形，或者可以说是一种泛形态的戏曲。

3. 崔徽①

诗曰

蒲中有女号崔徽②，轻似南山翡翠儿③。使君当日最宠爱④，坐中对客常拥持。一见裴郎心似醉⑤，夜解罗衣与门吏。西门寺里乐未央⑥，乐府至今歌翡翠⑦。

曲子

翡翠，好容止⑧，谁使庸奴轻点缀⑨。裴郎一见心如醉，笑里偷传深意。罗衣中夜与门吏，暗结城西幽会。

[注释]

①崔徽：据《全唐诗》卷四二三元稹《崔徽歌并序》记载：崔徽为河中府娼，曾与裴敬中在一起相处数月。裴敬中走后，崔徽以不能相从为恨，由此生病。有位画师丘夏善画人像，崔徽托他为自己画像，寄给裴敬中并云："崔徽一旦不及画中人，就为你而死。"崔徽后病死。②蒲中：蒲州，治所在今山西永济。③南山：终南山，在今陕西西安南。翡翠儿：一种翠鸟，这里代指崔徽。宋毛滂《调笑》："珠树阴中翡翠儿，莫论生小被鸡欺。"此处翡翠儿指的也是崔徽。④使君：这里指蒲州郡守。⑤裴郎：指裴敬中。⑥未央：未尽，没有结束。东汉末刘桢《公宴诗》："永日行游戏，欢乐犹未央。"⑦乐府：主管音乐的官署。⑧容止：容貌举止，指画像里的崔徽生动逼真。⑨点缀：这里指画师丘夏所绘的崔徽画像。

[赏析]

这组作品讲述唐代歌妓崔徽与裴敬中相爱的故事。秦观曾在其《南乡子》（妙手写徽真）一词中写过崔徽，那是一首题画词，可见崔徽的画像在当时还能看到。这首词重点写其观画的感受，赞美崔徽的过人容貌，并对其不幸遭遇寄予同情。此外苏轼也写有《章质夫寄惠崔徽真》诗。

诗歌部分描写了崔徽和裴敬中相爱的经过。"蒲中有女号崔徽，轻似南山翡翠儿"，先介绍崔徽的基本情况，并以终南山里体态轻盈、娇媚动人的小鸟翡翠儿来形容其美貌和仪容。"使君当日最宠爱，坐中对客常拥持"，此二句交代崔徽的身份，她原来是蒲州郡守的爱妾，受到宠幸，经常陪同主人宴请宾客。之所以要交代得如此详细，是为了做铺垫，强调崔徽与裴敬中相爱之不易。"一见裴郎心似醉，夜解罗衣与门吏"，写得颇有戏剧色彩，崔徽一见裴敬中而倾心，不惜在夜间用罗衣贿赂门吏，以得到与裴敬中欢会的机会。"西门寺里乐未央，乐府至今歌翡翠"，两人最终如愿，在西门寺共度一段美好时光。他们相恋的故事也因此成为乐府的吟唱题材，一直流传。

曲子部分与诗歌基本一致，但写法不同。"翡翠，好容止，谁使庸奴轻点缀"，写崔徽容貌出众，连画师都无法画出其过人的美貌。"裴郎一见心如醉，笑里偷传深意"，不仅写了两人的一见钟情，也描绘了两人谈笑间眉目传情的情景。"罗衣中夜与门吏，暗结城西幽会"，结语再次突出崔徽中夜以罗衣送门吏的戏剧情节，强调其痴情和机智的性格。

4. 无双①

诗曰

尚书有女名无双②，蛾眉如画学新妆。姊家仙客最明俊③，舅母惟只呼王郎。尚书往日先曾许，数载暌违今复遇④。闻说襄江二十年⑤，当时未必轻相慕。

曲子

相慕，无双女，当日尚书先曾许。王郎明俊神仙侣，肠断别离情苦。数年暌恨今复遇⑥，笑指襄江归去。

[注释]

① 无双：唐传奇中的人物，出自薛调《无双传》。无双为唐德宗建中年间大臣刘震的女儿，与表亲王仙客有一段恋爱故事。二人从小青梅竹马，王母希望娶无双为儿媳，临终前向刘震乞婚，刘震并未应允。后遇兵变，刘震夫妇被处极刑，无双亦沦为宫女。王仙客得古押衙之助，设计让无双服药自尽，赎其尸，三日后复活。两人浪迹江湖以避祸，后回到故乡，白头偕老，为夫妻五十年。② 尚书：指刘震，时任尚书租庸使。③ 仙客：指王仙客，为刘震姊之子。④ 暌（kuí）违：分别。⑤ 襄江：汉水自襄阳以下称襄江，这里指王仙客所居之地。二十年：指无双和王仙客在襄江终老的时间，与薛调《无双传》所记不符，小说云："得归故乡，为夫妇五十年。"⑥ 暌恨：离别的愁苦和怨恨。

[赏析]

这组作品写无双与王仙客的恋爱故事。这一故事出自唐传奇《无双传》。无双是唐德宗建中年间大臣刘震的女儿，她与表亲王仙客从小在一起生活，青梅竹马。后两人历尽艰难终成眷属，浪迹江湖，远身避祸，后来回到家乡，白头偕老，在一起生活了五十年。这一故事后来被改编为戏曲《明珠记》《无双传补》。

诗歌部分先介绍两人青梅竹马的关系。"尚书有女名无双，蛾眉如画学新妆"，交代无双的出身和容貌。"姊家仙客最明俊，舅母惟只呼王郎"，转而介绍王仙客相貌英俊，受到舅母的喜爱。但就是这样一对有情人，他们的结合却历经波折。"尚书往日先曾许，数载暌违今复遇"，这里与小说情节不合，小说中尚书往日并未应允这门亲事。"数载暌违"将两人经历的波折一语带过，强调两人的"复遇"。"闻说襄江二十年，当时未必轻相慕",写两人在家乡白首偕老,彼此恩爱。

曲子部分同样重在吟咏两人的悲欢离合。"相慕,无双女,当日尚书先曾许",讲两人青梅竹马的关系。"王郎明俊神仙侣,肠断别离情苦",讲两人郎才女貌,如同神仙之侣,以一句"肠断别离情苦"概括其间遇到的困苦。"数年暌恨今复遇,笑指襄江归去",不管怎样,两人历尽艰难,最终还是结成眷属,并得以归隐乡里。相信这种有情人结为眷属的大团圆结局也是当时的民众所喜闻乐见的。

5. 灼灼①

诗曰

锦城春暖花欲飞②,灼灼当庭舞柘枝③。相君上客河东秀④,自言那复旁人知。妾愿身为梁上燕,朝朝暮暮长相见⑤。云收月堕海沉沉,泪满红绡寄肠断⑥。

曲子

肠断,绣帘卷,妾愿身为梁上燕。朝朝暮暮长相见,莫遣恩迁情变。红绡粉泪知何限?万古空传遗怨。

[注释]

① 灼灼:据宋张君房《丽情集》记载:灼灼为锦城官妓,善舞《柘枝》、

能歌《水调》,为幽抑怨怼之音。相府筵中,与河东御史裴质座接,神通目授,如故相识。相因夜饮,忽速召之,自此不复面矣。灼灼以软绡聚红泪,寄赠裴质。唐韦庄曾作《伤灼灼》诗,称灼灼为"蜀之丽人"。②锦城:锦官城的省称,在今四川成都。③柘(zhè)枝:《柘枝舞》,舞曲名。④相君:指宰相,裴质曾为相府上客,故有此称。⑤"妾愿身"二句:此处化用南唐冯延巳《长命女》:"一愿郎君千岁,二愿妾身常健,三愿如同梁上燕,岁岁长相见。"⑥红绡:一种红色丝织物,古时赠送给舞女的礼物,又叫"缠头"。唐白居易《琵琶行》:"五陵年少争缠头,一曲红绡不知数。"灼灼因是舞女,所以以红绡聚泪寄赠。

[赏析]

这组作品写灼灼与裴质的爱情故事。据《丽情集》记载:灼灼是锦城的一位官妓,善于跳《柘枝舞》,能唱《水调》,多为抑郁悲怨之音。有一次在相府的筵席中,她与河东御史裴质的座位相邻,两人眉目传情,如同故人相见。不料宰相夜间饮酒,忽然将灼灼叫走,两人自此再没有机会见面。后来灼灼用软绡聚泪,寄赠裴质。这个故事流传较广,韦庄曾写有《伤灼灼》诗,称"尝闻灼灼丽于花,云髻盘时未破瓜",毛滂亦有《调笑》,其中也写到灼灼。

诗歌部分从两人的相识写到红绡聚泪,展现了这场爱情的全过程。"锦城春暖花欲飞,灼灼当庭舞柘枝",描写灼灼在锦城春暖花开的时节,当庭表演《柘枝舞》。"相君上客河东秀,自言那复旁人知",再写裴质,他是相府的座上客,英年才俊,两人一见钟情,似曾相识。如此心有灵犀,别人自然是无从得知。"妾愿身为梁上燕,朝朝暮暮长相见",这里化用冯延巳《长命女》的词句,表现灼灼的痴情。"云收月堕海沉沉,泪满红绡寄肠断"，两人有缘无分，一见之后，再无团聚之日。灼灼日思夜想，聚泪红绡，寄赠情人，以此表达自己的肠断之思。

曲子部分则选取其中一个片段，直接从灼灼的痴情写起。"肠断，绣帘卷，妾愿身为梁上燕"，写出灼灼的心愿。"朝朝暮暮长相见，莫遣恩迁情变"，进一步写出灼灼内心的愿望，那就是希望能朝朝暮暮，永远厮守，不要喜新厌旧，恩迁情变。"红绡粉泪知何限？万古空传遗怨"，结语点出"红绡粉泪"之事，带有一种感伤的色彩。

6. 盼盼①

诗曰

百尺楼高燕子飞，楼上美人颦翠眉②。将军一去音容远③，只有年年旧燕归。春风昨夜来深院，春色依然人不见。只余明月照孤眠，唯望旧恩空恋恋。

曲子

恋恋，楼中燕，燕子楼空春日晚④。将军一去音容远，空锁楼中深怨。春风重到人不见，十二阑干倚遍⑤。

[注释]

① 盼盼：即关盼盼，唐代歌妓，徐州人，能歌善舞，为尚书张愔爱妾。

张愔死后，盼盼居燕子楼十多年而不嫁。②颦翠眉：内心愁苦皱眉的样子。③将军：这里指张愔。④燕子楼：张愔与关盼盼幽会欢娱的场所。宋苏轼《永遇乐》："燕子楼空，佳人何在，空锁楼中燕。"⑤"十二阑干"句：典出《乐府诗集·西洲曲》："鸿飞满西洲，望郎上青楼。楼高望不见，尽日阑干头。阑干十二曲，垂手明如玉。"

[赏析]

　　这组作品写唐代歌妓关盼盼，选取盼盼独居燕子楼、思念旧人的片段进行描写。据白居易《燕子楼诗序》记载，关盼盼是尚书张愔的爱妾，擅长歌舞，仪态万方。张愔死后，盼盼感念旧恩，居住在张氏旧第燕子楼十多年而不嫁。这一故事流传很广，燕子楼也因此成为历代文人吟咏的对象，如唐人张仲素《燕子楼》三首、白居易《和张仲素燕子楼诗》三首，宋人陈荛《燕子楼》、陈师道《登燕子楼》、周邦彦《解连环·燕子楼》等。

　　诗歌部分详细描绘盼盼深居高楼的情景。"百尺楼高燕子飞，楼上美人颦翠眉"，楼高百尺，燕子飞过，而盼盼则深锁闺中，愁眉不展。"将军一去音容远，只有年年旧燕归"，将军的音容笑貌早已远去，只有当年的旧燕依旧年年飞回。"春风昨夜来深院，春色依然人不见"，虽然已到春天，但人已远去，自然也不会有人来欣赏楼外的景色，因为这里拒绝春天。"只余明月照孤眠，唯望旧恩空恋恋"，只有明月透过窗户，照着这个孤独的身影，长夜漫漫，魂牵梦绕的仍是往日的旧恩和对这份恋情的眷恋。通过人物仪态与内心的刻画，一位痴情女子的形象跃然纸上。

　　曲子部分所写内容与诗歌基本相同，描绘了一幅春景思妇图。面对迷人的春色，佳人不为所动，"空锁楼中深怨"，脑海中挥之不去的是将军远去的音容。"春风重到人不见，十二阑干倚遍"，为什么还要倚遍栏干？莫非心中还有一丝期盼？但这种期盼注定是没有结果的。诗歌与曲子相互呼应，一咏三叹，活画出一位痴情女子的形象。

7. 莺莺①

诗曰

崔家有女名莺莺，未识春光先有情。河桥兵乱依萧寺②，红愁绿惨见张生③。张生一见春情重，明月拂墙花树动④。夜半红娘拥抱来⑤，脉脉惊魂若春梦⑥。

曲子

春梦，神仙洞，冉冉拂墙花树动。西厢待月知谁共，更觉玉人情重。红娘深夜行云送，困嚲钗横金凤⑦。

[注释]

①莺莺：崔莺莺，唐元稹小说《莺莺传》中的女主人公。其与张生的爱情故事在后世流传广泛，影响深远。②河桥：桥名，在今山西永济西蒲州镇与陕西大荔东大庆关之间黄河上。萧寺：典出唐李肇《唐国史补》卷中："梁武帝造寺，令萧子云飞白大书'萧'字，至今一'萧'字存焉。"后遂泛称佛寺为萧寺。③红愁绿惨：这里以花叶的凋落来比喻莺莺玉容惨淡。宋柳永《定风波》："自春来惨绿愁红，芳心是事可可。"④"明月"句：

语出《莺莺传》中莺莺给张生的信笺:"待月西厢下,迎风户半开。拂墙花影动,疑是玉人来。"⑤拥抱:红娘抱着枕衾,这是《莺莺传》中的一个情节。⑥脉脉:两人相视含情脉脉的样子。《古诗十九首》:"盈盈一水间,脉脉不得语。"⑦ 軃(duǒ)钗横金凤:指睡起后钗上金凤垂挂下来的样子。軃,下垂。金凤,钗上的装饰物。

[赏析]

  这组作品所写为莺莺,即小说《莺莺传》中的女主人公,选取莺莺与张生从相识到幽会的片段进行描写。莺莺与张生的故事来自唐传奇《莺莺传》。莺莺为崔相国之女,随母亲回长安,路过蒲州,在普救寺暂住。张生游历蒲州,也住在这里。当时军人兵乱,索要崔莺莺。崔母许愿,如有能退兵者,愿将女儿与其为妻。张生设法退兵,但崔母随后悔婚,让张生与崔莺莺以兄妹相称。张生在崔莺莺婢女红娘的帮助下,与崔莺莺互通音信,并得以幽会。后被崔母察觉,得知实情,遂让张生赴试。莺莺长亭送别,两人依依不舍。此后两人未能再相见。这一故事流传广泛,不仅有不少诗词吟咏,还被改编成诸宫调、戏曲,如董解元《西厢记诸宫调》、王实甫《西厢记》等。

  诗歌部分先从莺莺写起,"崔家有女名莺莺,未识春光先有情",这是一个青春少女的形象。虽还未识春光,但已情窦初开,为后文做铺垫。"河桥兵乱依萧寺,红愁绿惨见张生",讲述两人因兵乱而相识的情景。初见张生时,莺莺"红愁绿惨",满面愁容,令人生怜。"张生一见春情重,明月拂墙花树动。夜半红娘拥抱来,脉脉惊魂若春梦",果然张生一见钟情,为之痴迷,在红娘帮助下,终得与莺莺幽会,"脉脉惊魂若春梦"写出莺莺的惊艳美貌,令张生有如在梦中之感。

曲子部分较诗歌部分内容缩小，更为集中地描写张生与崔莺莺幽会的情景。"春梦，神仙洞，冉冉拂墙花树动"，先是月夜下场景的描写，而作品的核心在最后两句。"红娘深夜行云送"，其中"行云送"用了宋玉《高唐赋》"旦为朝云，暮为行雨"的典故，指莺莺前来幽会。"困弹钗横金凤"一句，以"钗横金凤"的细节写出莺莺幽会后慵怠的情态。

作品所写为男女情事，虽有艳语却写得颇为含蓄，如同蒙上一层纱幕，别有一种朦胧之美。短短一首小词，写人叙事，有情有致，是秦观作品中的佳作。

8. 采莲①

诗曰

若耶溪边天气秋②，采莲女儿溪岸头。笑隔荷花共人语，烟波渺渺荡轻舟。数声水调红娇晚③，棹转舟回笑人远④。肠断谁家游冶郎，尽日踟蹰临柳岸⑤。

曲子

柳岸，水清浅，笑折荷花呼女伴。盈盈日照新妆面⑥，水调空传幽怨。扁舟日暮笑声远，对此令人肠断。

[注释]

① 采莲：即《采莲曲》，属乐府清商曲辞。本于"江南可采莲，莲叶何田田"的《江南曲》。② 若耶溪：溪名，相传是西施浣纱的地方，在今浙江绍兴境内。③ 水调：曲调名。唐杜牧《扬州》："谁家唱水调，明月满扬州。"④ 棹转：调转方向，划船前行。⑤ 踟蹰（chí chú）：徘徊。⑥ 盈盈：美好的容貌。

[赏析]

秦观词多以男女恋情为题材，抒写闺阁悲怨。事实上其笔下的秋景也是别开生面的，或为登高怀古，如《望海潮》（秦峰苍翠）；或为羁旅思乡，如《如梦令》（遥夜沉沉如水）；或为江南秋景，如《调笑令·采莲》，等等。这组作品描绘了一幅秋高气爽的江南采莲图，一洗其他作品幽怨低迷的语调，写得轻松欢快。《采莲曲》原为乐府旧题，是古代一种歌曲之名，现存最早的《采莲曲》见于梁武帝的《江南弄》组诗。古代诗人以此为题者甚多，多为吟咏若耶溪采莲女的生活与仪态。到宋代时，《采莲曲》已演变为歌舞结合的艺术形式，进入教坊。秦观这组诗词结合的作品当为配合《采莲曲》演出而作。

这组作品无论是在场景的描摹还是语句的运用上，都明显受到李白《采莲曲》的影响，李白原诗如下："若耶溪傍采莲女，笑隔荷花共人语。日照新妆水底明，风飘香袖空中举。岸上谁家游冶郎，三三五五映垂杨。紫骝嘶入落花去，见此踟蹰空断肠。"先看其中的诗歌部分。"若耶溪边天气秋，采莲女儿溪岸头"，在秋高气爽的时节，若耶溪岸边出现了采莲女的身影。"笑隔荷花共人语，烟波渺渺荡轻舟"，她们划着小舟在渺渺烟波中行进，隔着荷花相互嬉笑着。诗句至此转韵，"数声水调红娇晚，棹转舟回笑人远"，水面不时传来悠扬悦耳的歌声，一直唱到傍晚时分，人已划着小舟归去，水面上似乎还飘荡着姑娘们的笑声。"肠断谁家游冶郎,尽日踟蹰临柳岸"，最后作者笔锋一转，以柳岸上游冶郎的尽日踟蹰来衬托采莲女美好的仪容和心灵。采莲词由南朝《采莲曲》发展而来，或写采莲女的深情，或写采莲女的思慕。其中多为采莲女对心上人的思慕。秦观独出心裁，写出男性对采莲女的爱慕，可谓别具一格。

曲子部分只写了大致的内容，但写得更为婉约、含蓄。"柳岸，水清浅，笑折荷花呼女伴"，只闻其声，不见其人，以笑声写出采莲女的纯真活泼。"盈盈日照新妆面，水调空传幽怨"，旖旎的江南水乡风光，灵动的少女采荷图，悠扬婉转的歌声中隐隐带有一丝幽怨。"扁舟日暮笑声远，对此令人肠断"，日暮西山，小舟伴着歌声消失在渺渺烟霭中，站在岸边的男子望着远去的背影，不免生出别离愁绪。

虽然作品也写到幽怨和断肠，但只是点到为止，出之以调侃诙谐，整首曲子在欢快的笑声中结束。

9. 烟中怨[①]

诗曰

鉴湖楼阁与云齐[②]，楼上女儿名阿溪[③]。十五能为绮丽句[④]，平生未解出幽闺。谢郎巧思诗裁剪，能使佳人动幽怨。琼枝璧月结芳期[⑤]，斗帐双双成眷恋[⑥]。

曲子

眷恋，西湖岸⑦，湖面楼台侵云汉。阿溪本是飞琼伴⑧，风月朱扉斜掩。谢郎巧思诗裁剪，能动芳怀幽怨。

[注释]

① 烟中怨：唐南卓所撰传奇名，其本事据《嘉泰会稽志》记载："越渔者杨父，一女，绝色，为诗不过两句。或问：'胡不终篇？'曰：'无奈情思缠绕，至两句即思迷不继。'有谢生求娶焉。父曰：'吾女宜配公卿。'谢曰：'谚云：少女少郎，相乐不忘；少女老翁，苦乐不同。且安有少年公卿耶？'翁曰：'吾女为词多两句，子能续之，称其意，则妻矣。'示其篇曰：'珠帘半床月，青竹满林风。'谢续曰：'何事今宵景，无人解与同？'女曰：'天生吾夫！'遂偶之。后七年，春日，女忽题曰：'春尽花宜尽，其如自是花！'谢曰：'何故为不祥句？'杨曰：'吾不久于人间矣。'谢续曰：'从来说花意，不过此容华。'杨即瞑目而逝。后一年，江上烟花溶曳，见杨立于江中，曰：'吾本水仙，谪居人间；后偶思之，即复谪下，不得为仙矣。'"秦观在该词中云杨氏女为阿溪，或另有所本。② 鉴湖：原名镜湖，在今浙江绍兴境内。宋人因讳"敬"字，改为鉴湖。③ 阿溪：指故事主人公杨氏女。④ 绮丽句：指诗句华美靡丽。⑤ 琼枝璧月：指女子容貌娇美。⑥ 斗帐：一种小型的帐子。⑦ 西湖：镜湖的西边。⑧ 飞琼：即许飞琼，仙女名，此处泛指仙女。

[赏析]

这组作品写杨氏女与谢生的爱情故事。据《嘉泰会稽志》记载：江浙一带有一位渔翁杨父，生有一女，十分美貌，但写诗不超过两句。有人问她："为什么不写完呢？"她答道："无奈情思缠绕，写到两句就感到思绪迷乱，无法写下去。"一天，有位谢生来求婚，杨父说："我的女儿应当嫁给公卿。"谢生说："俗话说：少女少郎，相乐不忘；少女老翁，苦乐不同。何况哪有少年公卿呢？"杨父说："我的女儿写诗大多不过两句，你如果能续写下来，让她满意，就给你做妻子。"于是就拿出杨氏女的诗句："珠帘半床月，青竹满林风。"谢生续道："何事今宵景，无人解与同？"杨氏女说："天生我夫！"于是杨父就把女儿嫁给谢生。七年之后的一个春日，杨氏女忽然写出如下诗句："春尽花宜尽，其如自是花！"谢生说："为什么写这样不吉利的诗句？"杨氏女说："我不久就要离开人间了。"谢生续道："从来说花意，不过此容华。"杨氏女随即瞑目而逝。一年之后，江面上烟花缤纷，只见杨氏女站在江中，说道："我本来是水中的仙子，谪居人间，以后如果思凡的话，又会被贬谪尘世，不能再做神仙了。"

诗歌部分重在描写杨氏女与谢生相知相爱的过程。"鉴湖楼阁与云齐，楼上女儿名阿溪"，点出杨氏女生活的环境，交代其名字。这位杨氏女"十五能为绮丽句，平生未解出幽闺"，如此才女，正好遇到谢生这样的知音，"谢郎巧思诗裁剪，能使佳人动幽怨"。最后两句"琼枝璧月结芳期，斗帐双双成眷恋"，描写两人喜结连理，过着相互恩爱的幸福生活。

曲子的内容虽与诗歌大体相同，但写法则不同，重在以景物描写烘托渲染，写得更为婉转含蓄。"眷恋，西湖岸，湖面楼台侵云汉"，既是交代故事发生的地点，同时也营造了一种幽静的氛围。"阿溪本是飞琼伴，风月朱扉斜掩"，描写阿溪天生丽质，本是仙女下凡，深藏闺中，等待知音。"谢郎巧思诗裁剪，能动芳怀幽怨"，也只有谢郎这样的才子慧心妙思，才能打动了阿溪的芳心。

诗与曲,同是吟咏一个故事,一直率,一含蓄,前后映衬,形成巧妙的互补,带给读者美的享受。

10. 离魂记①

诗曰

深闺女儿娇复痴,春愁春恨那复知。舅兄唯有相拘意,暗想花心临别时②。离舟欲解春江暮,冉冉香魂逐君去。重来两身复一身,梦觉春风话心素③。

曲子

心素,与谁语,始信别离情最苦。兰舟欲解春江暮,精爽随君归去④。异时携手重来处,梦觉春风庭户。

[注释]

① 离魂记:唐陈玄祐所撰传奇名,讲述张倩娘因爱恋舅兄王宙而离魂之事。张倩娘与表兄王宙自小相爱,倩娘父亲张镒亦常言当以倩娘嫁王宙。但二人成年后,父亲竟将倩娘另许他人。倩娘因此抑郁成病,王宙也托故赴长安,与倩娘诀别。不料倩娘半夜追来,与表兄一起私奔,在异乡生活。后倩娘思念父母,与王宙回家探望。王宙一人先至张镒家说明倩娘私奔之事,始知倩娘一直卧病在床,出奔者为倩娘之魂。倩娘身魂遂合为

一体。②花心:芳心。③心素:情愫。唐李白《寄远十二首》之八:"空留锦字表心素,至今缄愁不忍窥。"④精爽:魂魄。这里是指倩娘的魂魄。

[赏析]

　　唐传奇《离魂记》,影响深远,汤显祖的《牡丹亭》即是根据这篇小说演绎而成。

　　诗歌部分讲述两人因相恋而离魂的经过。"深闺女儿娇复痴,春愁春恨那复知",开篇先从倩娘讲起,言其长在深闺,娇美天真,哪里知道什么春愁春恨。"舅兄唯有相拘意,暗想花心临别时",接着转而写王宙,因其舅舅的阻挠,只好含恨离去,但是"暗想花心",心里始终难以割舍对倩娘的恋情。"离舟欲解春江暮,冉冉香魂逐君去",当王宙在夕阳中准备乘舟离开时,倩娘身不由己,其"冉冉香魂"与心上人相伴而去。"重来两身复一身,梦觉春风话心素",最后倩娘神魂合一,如同梦醒一般。

　　曲子则选取故事的一个片段,从离别写起。"心素,与谁语,始信别离情最苦",写倩娘的内心活动,脉脉心事,能向谁诉说呢?终于相信别离之情是最为悲苦的。想到与表兄的分离,愁上眉梢。"兰舟欲解春江暮,精爽随君归去",春江日暮,兰舟欲解,表兄就要乘船离开,既然身体不自由,那就让魂魄随表兄而去吧。"异时携手重来处,梦觉春风庭户",又回到当日一起携手离开的地方,如同梦寐,又是一个家家沐浴着春风的美好季节。

　　《调笑令》十首所写皆为历代女性悲欢离合的爱情故事,富有传奇色彩,所吟咏的女子都是忠于爱情,一往情深,即便遇到阻碍,也都勇于坚守,不改初衷。秦观之所以选择这十位女性形象,一方面是因为这些女性的故事流传广泛,具有广泛的群众基础,容易为读者接受,引起他们的共鸣;另一方面则是肯定她们对爱情的恪守。其态度是很明确的,既赞美女主人公对爱情的恪守，又对她们不幸的遭遇深表同情，并通过诗与词结合的形式表达出来，一咏三叹，给人以美的享受。

虞美人
（其一）

高城望断尘如雾，不见联骖处①。夕阳村外小湾头②，只有柳花无数送归舟。　琼枝玉树频相见③，只恨离人远。欲将幽事寄青楼，争奈无情江水不西流④。

[注释]

①联骖：并辔而行。骖（cān）：古时车辕两旁的马。②湾头：水湾边。③琼枝玉树：披上冰雪的树木，这里比喻人物风采之美。④争奈：怎奈。

[赏析]

这首词系秦观遭贬离开京城后所作，抒发其落寞失意的心绪。

上片"高城望断尘如雾，不见联骖处"，"望断"二字，写出词人离开京城后的留恋与悲苦。此刻远望京城，整个京城笼罩在一片迷茫的尘雾中，看不到曾经与朋友们游乐雅集的地方，昔日的一切喧闹已成往事，成为苦难人生中的温馨记忆。"夕阳村外小湾头，只有柳花无数送归舟"，词人此时身在何处呢？夕阳西下，村边的小湾码头边，杨柳依依，只有柳花飘飞，仿佛在送小舟远去。独在异乡为异客，此时此刻，离愁别绪涌上心头。出京远去，自然是伤感的，但词人写得哀而不伤，颇有韵味。淡淡的抒情，淡淡的忧伤，与后来那些凄婉悲凉的词作在内容及风格上有着明显的不同，这与词人的境遇有关。此时的他刚遭贬谪，对前途还抱有一丝期待。

下片"琼枝玉树频相见，只恨离人远"，"琼枝玉树"一般指人物风采之美，此处当指词人的朋友们。词人在出京远去的路途中，想到了那些志同道合、过从密切的朋友们，此时他们都怎么样呢？只恨自己越走越远，怕是再难见到他们了，关切之情，溢于言表。"欲将幽事寄青楼，争奈无情江水不西流"，除了经常把酒言欢的朋友们，还有那些貌若天仙、善解人意的红粉佳人，恐怕以后也都再难见到了。颠沛流离的漫漫长路上，只有词人孤身一人，只有无尽的孤寂和憔悴。即便是想寄情青楼，也是无法做到的，就像无情的江水不可能倒流一样，言语之间透出一丝苦涩。

苏轼曾有"发纤秾于简古，寄至味于澹泊"之言，意思是说，从简古中见纤秾，于澹泊中寓至味。欧阳修亦云"古淡有真味"。抒发情感并不一定非要慷慨激昂、呼天喊地，于恬淡、简古之中照样可以写出自己的情思，这样的作品会更有内涵，更有情致，也更有韵味。这反映了北宋时期文学创作的一种风尚，文人们努力摆脱唐五代以来的浓艳巧丽文风，崇尚古朴平易之风，追求平淡率真之致，这种追求在词的创作上也有体现。一些词人注重意境的营造，讲究内在的韵味。秦观的词作很注重营造词境，追求言外之意。清人刘熙载在其《艺概》中评价秦观的词"有小晏之妍，其幽趣则过之"，也是着眼于这一点来谈的，这一特点在这首词中得到了较为充分的体现。

虞美人
（其二）

碧桃天上栽和露①，不是凡花数②。乱山深处水萦回③，可惜一枝如画为谁开？　轻寒细雨情何限，不道春难管④。为君沉醉又何妨，只怕酒醒时候断人肠。

[注释]

①"碧桃"句：此处化用唐高蟾《下第后上永崇高侍郎》诗句："天上碧桃和露种，日边红杏倚云栽。"碧桃，一种供观赏的桃树，多指传说中西王母送给汉武帝的仙桃。②数：辈。③萦回：盘旋回旋。④不道：不奈，不堪。

[赏析]

这首词是写给一位名叫碧桃的女子的，时间当在元祐年间。据宋皇都风月主人《绿窗新话》卷上记载，秦观当年游寓京城时，有一位高官宴请他，其间这位高官让自己的宠姬碧桃出来陪酒助兴。这位碧桃很会劝酒，秦观感其好意，也举杯来劝碧桃。那位高官出来劝阻说："碧桃平时不善饮酒。"意思是不想让秦观勉强碧桃，没想到碧桃却爽快地说："今天为了秦学士，就拼个一醉方休吧！"随即饮了一大杯酒。秦观对此很是感动，即席题赠碧桃《虞美人》词一首。在场的人莫不羡慕乃至嫉妒秦观，那位高官也说："今后再也不让碧桃出来陪酒了。"满座为之大笑。此当为该词的本事。

上片"碧桃天上栽和露,不是凡花数",化用晚唐诗人高蟾《下第后上永崇高侍郎》诗句"天上碧桃和露种",巧妙地点出佳人的名字,再言"不是凡花数",盛赞碧桃本为天上所栽,仙姿绰约,其花非人间寻常凡花,极力称赞碧桃的高贵与脱俗。接下来,"乱山深处水萦回,可惜一枝如画为谁开",似乎在为碧桃感到惋惜:生长在乱山深处,溪流萦回,一枝独秀,无人欣赏,如此美丽的桃花又是在为谁而开呢?其言外之意是很明显的:现实中的碧桃尽管貌若天仙,气质高雅,但又有谁能真正欣赏她、理解她呢?

下片"轻寒细雨情何限,不道春难管",承接上片,描写桃花在轻寒细雨中楚楚动人的情态,对碧桃的命运寄予深深的同情。春天的脚步注定是无法挽留的,经历轻寒细雨之后,再美丽的花也是要凋谢的。这既是花的宿命,也是人生的无奈。结语"为君沉醉又何妨,只怕酒醒时候断人肠",以碧桃的口气故作豪语,人生难得一知己,为君沉醉一次又有何妨,只怕酒醒之后,君肠已断。本为安慰佳人,反为佳人所慰。"只怕"两字用得很巧,语气陡然一转,翻出新意,酒阑人醒,面对春残花落,词人内心该是何等惆怅。这样一转,将词人伤春惜花的情感更进一层地表达出来,形成一种情绪的起伏跌宕,颇有百转千回之致。

秦观的词作大多写得情真意切,情感真挚,但他用语委婉含蓄,很少直白表露。清人陈廷焯在其《白雨斋词话》中说:"少游则义蕴言中,韵流弦外。"意思是说秦观用语含蓄,情韵流于言外,这首词正体现了秦观的这一特点。

虞美人

(其三)

行行信马横塘畔①,烟水秋平岸。绿荷多少夕阳中,知为阿谁凝恨背西风②? 红妆艇子来何处③,荡桨偷相顾。鸳鸯惊起不无愁,柳外一双飞去却回头。

[注释]

①信马:让马随意行走。横塘:东西向的池塘。②"绿荷"二句:此处化用唐杜牧《齐安郡中偶题》诗句:"多少绿荷相倚恨,一时回首背西风。"阿谁,何人。凝恨,怨恨。③红妆:指女子。艇子:小船。

[赏析]

在秦观的词作中,"愁"、"恨"两字几乎贯穿始终,不过这两个字尽管都是在写离愁别恨,在其人生的不同阶段却有着不同的内涵和意义,表现方式也有所不同。这首词是秦观早年的作品,当为其南游会稽时所作。

上片"行行信马横塘畔,烟水秋平岸",写词人信马由缰,走在河塘边所看到的景象。时当秋天,从岸边望去,烟水迷蒙。"绿荷多少夕阳中,知为阿谁凝恨背西风",秦观面对杜牧当年所见的景象,勾起无限情思。此时已是傍晚时分,夕阳映照,塘中绿荷林立,被微风吹起,似乎凝结着离愁别恨,这是在为谁而伤心呢?写的虽然是荷花,流露的则是自己的心迹。秋天的傍晚,词人独自徘徊在横塘边,是有什么难以言说的心事吗?

看似无端起愁绪，其实是为下片做铺垫。

下片由物及人，"红妆艇子来何处，荡桨偷相顾"，此时一位红妆女子不知从何处划着小船飘然而来。她一边缓缓地划船，一边偷偷打量着在岸边徘徊的词人。词人点到为止，随即笔锋一转，"鸳鸯惊起不无愁，柳外一双飞去却回头"，一对鸳鸯被惊起，双双飞去，一直飞到烟柳之外，仍频频回头，似乎有些依依不舍。双双飞去的鸳鸯与水岸边的两位男女相互顾盼，相映成趣。

全词展现了一幅江南水乡的清秋画卷，流露出一种淡淡的哀愁，并将这种情感蕴含在景物的描写中，使景物成为情语。词的上片起笔很淡，细细体会，却是用心之笔。至于这种"愁"、"恨"因何人何事而起，内容为何，词人并没有详细交代。欲说还休，似有似无，说不清，道不明，这是一种"花非花，雾非雾"式的独特情感体验，留给读者很大的想象空间，可谓一咏三叹，余味无穷。

点绛唇
（其一·桃源）

醉漾轻舟，信流引到花深处①。尘缘相误②，无计花间住③。烟水茫茫，千里斜阳暮。山无数，乱红如雨④，不记来时路。

[注释]

① 信流：随水漂流。② 尘缘：俗世的因缘。唐韦应物《春月观省属城始憩东西林精舍》："佳士亦栖息，善身绝尘缘。" ③ 花间：指天台山桃源。

④ 乱红如雨：此处化用唐李贺《将进酒》诗句："况是青春日将暮，桃花乱落如红雨。"

[赏析]

　　宋哲宗绍圣元年（1094），新党章惇被起用为相。他一上台就大肆打击旧党群臣，苏轼、黄庭坚等人皆遭贬窜。秦观本人也未能幸免，起初由国史院编修贬为杭州通判，途中再贬为监处州酒税。绍圣三年（1096），秦观又被削秩，流放到郴州。这一连串打击使生性敏感、柔弱的秦观陷入浓重的悲伤中。在郴州旅舍，他写下了著名的词篇《踏莎行》（郴州旅舍）。这首《点绛唇·桃源》大约也作于词人贬居郴州时，描绘了一幅春光美景图，含蓄地表达了他对官场生涯及尘世的厌恶，流露出对世外桃源的向往。

　　对于身在贬谪途中的词人来说，武陵这个地名必定会引起其内心的波动，因为这是陶渊明笔下桃花源的所在地。词中所描写的景象也许是词人亲眼所见，也许只是他的一种想象。上片"醉漾轻舟，信流引到花深处"，写词人醉酒之后驾着一叶轻舟，顺水漂流，来到花木深处，这里的"花深处"很自然让人联想到陶渊明笔下的世外桃源。据《桃花源记》所言："忽逢桃花林，夹岸数百步，中无杂树，芳草鲜美，落英缤纷。"这正是词人理想中的栖居之地。"尘缘相误，无计花间住"，如此清幽、美丽的景致自然会引起词人的感慨，可惜自己为尘缘所误，没有办法在这里做长久停留。

　　下片"烟水茫茫，千里斜阳暮"，茫茫烟水，千里斜阳，这些意象无疑是意味深长的，是词人内心迷茫、无奈情绪的具象。"山无数，乱红如雨，不记来时路"，山穷水复，落红缤纷，词人流连其间，已经忘记来时的路径。秦观用词委婉含蓄，虽然没有明确说出其愁苦，但内心的痛苦和失望是可以分明感受到的。一句"不记来时路"，余味无穷，让人浮想联翩，想到陶渊明的《桃花源记》，武陵渔人走出桃花源，在返家的路上做了很多标志，"及郡下，诣太守，说如此。太守即遣人随其往，寻向所志，遂迷，不复得路"。这句话实际上写出了词人梦醒之后无路可走的凄凉和无奈。有形的山路即便再曲折，也总是可以想办法走出去，但是无形的人生之路呢？它更容易让人迷失。还能找到归途吗？词人正在贬谪途中，他所走的不正是这样一条让他不记来时、不知归途的道路吗？

全词以轻柔优美的笔调开端，以蕴含情感的景语收篇，情景交融，委婉含蓄。其迷茫、无奈乃至对仕途险恶的厌恶心绪是可以真切感受到的。正如陈廷焯在《云韶集》中评秦观词所云："清词丽句，开人先路。风致自胜，情景兼到，最是少游制胜处。"

点绛唇

（其二）

月转乌啼[①]，画堂宫徵生离恨[②]。美人愁闷，不管罗衣褪。

清泪斑斑，挥断柔肠寸。嗔人问，背灯偷揾[③]，拭尽残妆粉。

[注释]

① 月转乌啼：化用唐张继《枫桥夜泊》诗句："月落乌啼霜满天。"② 画堂：华美的堂舍。宫徵：古代音乐有七声，分别为宫、商、角、徵、羽、变宫、变徵。此处泛指乐曲。③ 揾（wèn）：擦拭。宋辛弃疾《水龙吟》："倩何人唤取，红巾翠袖，揾英雄泪。"

[赏析]

　　这首词描写一位青楼女子的离愁别绪。此类女性是秦观词作中常见的人物形象，重点描写她们的情感生活，其中多为悲苦之音，但每首词所写内容及表现手法各有不同，没有相当的艺术功力是做不到的。同中见异，异中有同，这是秦观此类词作的特点。

　　上片"月转乌啼，画堂宫徵生离恨"，一个"恨"字奠定了全词的情感基调。月落乌啼，夜色深沉，画堂里隐隐传出悲惋的乐声，似乎在倾诉着离愁别恨。接着，"美人愁闷，不管罗衣褪"，女主人公出场了，词人没有写其惊艳的美貌，而是让她以一副瘦弱憔悴、衣带渐宽的愁容出现。

　　下片继续渲染美人的凄苦。"清泪班班，挥断柔肠寸"，清泪涟涟，柔肠寸断，如果不是那种刻骨铭心的情感，美人是不会如此伤心的。"嗔人问，背灯偷揾，拭尽残妆粉"，更为凄苦的是，这种悲伤是不愿意让别人知道的，无处倾诉，只能独自默默承受，此中的苦痛也只有自己知道。一句"拭尽残妆粉"，万千悲楚，尽在不言中，于此可见词人的同情与悲悯之心。抒写女子的离愁别绪，这也是宋词的一个常见题材，相比之下，秦观是写得较为出色的一个。他不仅同情这些女子的遭遇，融入自己的身世之感，写得情真意切，而且还通过高超的艺术技巧，细腻传神地将这些女子的内心活动与情感世界表现出来，感人至深。

　　纵观秦观的一生，以不如意居多。屡受坎坷，几番宦海沉浮，让他受尽苦楚，心灰意冷，于青楼红粉间也许可以找到一点慰藉。其作品中多青楼歌女悲怨哀婉的描写，对这些女性不幸的命运给予深深的同情，同时融入自己的身世之感。这些词大多写得缠绵悱恻，一咏三叹，词风婉约凄美，语言清丽含蓄，耐人回味。

　　如果没有类似的感情体验，是很难写好这类作品的。苦难对词人来说是不幸的，没有人心甘情愿地去过这种生活，但苦难也可以成就一位伟大的作家。对秦观，当作如是观。

品令
（其一）

幸自得①，一分索强②，教人难吃③。好好地恶了十来日④，恰而今、较些不⑤？　须管啜持教笑⑥，又也何须乞胳织⑦。衠倚赖⑧、脸儿得人惜，放软顽⑨、道不得。

[注释]

①幸自得：本来是。②索强：争强，恃强。③难吃：难受，难过。④恶：这里指气恼、生气。⑤较些不：好些吧。⑥须管：必定。啜（chuō）持：哄骗。⑦胳（gē）织：曲折，不顺意。⑧衠（zhūn）：宋时方言，意思是尽、全。⑨放软顽：撒娇。

[赏析]

这组《品令》包括两首词作，词句都是使用当时的方言俗语及口语，具有浓郁的生活气息，风格活泼风趣，在秦观词作中是比较特殊的一类，可谓别具一格。从创作时间来看，当为秦观早年之作，系为青楼歌女所写，反映了其早年生活的一个侧面。从大的文化背景来看，宋代是民间文学十分兴盛的一个时期，以戏曲、小说为代表的通俗文学蓬勃发展。诗词的创作也受到这种影响，出现了俗化的倾向。一些文人面向市井民巷，创作了一批具有浓郁民间气息的作品。秦观的这组作品反映了这一创作风尚。

这首词写一对青年男女之间的争吵。上片以男子的口吻交代两人争吵的缘由及经过,"幸自得,一分索强,教人难吃",点出两人争吵的起因,大概是因为女子争强好胜的缘故,让男子难以忍受,由此引起争执。"好好地恶了十来日,恰而今、较些不",结果女子为此怄气整整十来天,男子开始赔不是,很关心地询问女子此时心情是不是好一些了。

下片仍以男子的口吻来写,"须管啜持教笑,又也何须乞胳织",意思是自己一再哄劝赔笑,目的在逗女子开心,希望对方不要再生气了。"衡倚赖、脸儿得人惜,放软顽、道不得",是说女子仗着自己长得美貌,让人怜惜,故意使出撒娇手段,让人奈何不得。

整首词都是用当时的口语写成,清新流利,生动传神,如同当时盛行的杂剧,具有戏剧性和民间色彩。通过男子的口吻,将两人的神态逼真地描摹出来。女子尽管并没有出场,但其俏丽、泼辣的形象是可以分明感受到的。词通常以抒情见长,较少用于叙事,秦观在这首词中将叙事引入作品,以极为精简的笔墨讲述了一对青年男女从斗气到和好的故事,富有戏剧性和场面感,拓展了词的表现空间,这是一种可贵的艺术尝试。

品令

(其二)

掉又惧[①],天然个品格,于中压一[②]。帘儿下时把鞋儿踢,语低低、笑咭咭[③]。 每每秦楼相见[④],见了无门怜惜[⑤]。人前强不欲相沾识[⑥],把不定、脸儿赤。

[注释]

①掉又惧：宋时方言，形容女子姿容美好。②压一：压倒一切的意思。③咭(xī)咭：欢笑的样子。④秦楼：又名凤楼，秦穆公为其女儿弄玉所建之楼，后人常借指妓院青楼。⑤无门：没有办法。⑥沾识：认识，结识。

[赏析]

秦观笔下写过多位女性形象，在其人生的不同阶段，所接触的女性人物不同，经历与心境不同，作品所塑造的女性形象自然也就各有不同，有一个逐渐演变的过程。秦观在考中进士之前，或在家闲居读书，或外出访亲会友，过着闲雅、风流的生活，其间与青楼女子有着较多的往来，心态也不似后来遭贬谪时那样悲苦。像《品令》这类早期作品，其中所写女性形象大多娇美可爱，光彩夺目，尽管也写到她们的离愁别绪，但情感不似后来的作品那样凄婉悲凉。这首词通过体貌神态的描写，刻画了一位青楼女子娇美、多情的形象。

上片"掉又惧，天然个品格，于中压一"，用活泼流利的口语夸赞女子的青春貌美，她天生丽质，盖过一切红颜。如此描写女子的美貌，与词人的其他词作形成有趣的对比。"帘儿下时把鞋儿踢，语低低、笑咭咭"，描摹女子神态如画。她顽皮地在帘下玩耍，踢着鞋子，时而悄悄低语，时而放声笑谈，自由自在，无拘无束。人物形象写得栩栩如生，十分逼真，有一种现场感，如果不使用口语，是很难达到这一效果的。

下片从容貌神态的描摹转向女子的温柔多情。"每每秦楼相见，见了无门怜惜"，虽然词人屡屡在青楼遇到这位女子，但一直没有机会表达自己的爱慕之心与怜惜之情。"人前强不欲相沾识，把不定、脸儿赤"，显然女子对词人也是有情的,在人前故意装作不认识,但一个"赤"字露出破绽,将少女欲迎还拒、难以言说的心态描摹得非常逼真,描写可谓细致入微。

秦观一生填词的数量并不算多,但风格多样,大致可以分为俗词、雅词两类。俗词如《迎春乐》、《一落索》、《丑奴儿》、《调笑令》等,皆是其早年之作,受柳永影响较深,大多篇幅短小,风格明快,多用方言俗语,接近民间歌曲,适合传唱,在当时流传甚广。这类作品可以看作其早年一段心路历程的文学化呈现。不过对这类词的评价,后人看法不一,如陈廷焯《白雨斋词话》云:"少游名作甚多,而俚词亦不少,去取不可不慎。"可见他是不大喜欢这类作品的。

南歌子
(其一)

玉漏迢迢尽①,银潢淡淡横②。梦回宿酒未全醒③,已被邻鸡催起、怕天明。　　臂上妆犹在,襟间泪尚盈④。水边灯火渐人行,天外一钩残月、带三星⑤。

[注释]

① 玉漏:古代的计时器。迢迢尽:玉漏声连续不断,直到天亮。② 银潢:银河。淡淡横:银河西斜,慢慢变淡,直到黎明。③ 宿酒:指隔夜的酒。④ "臂上"二句:意思是手臂上还沾有昨夜欢娱后留下的女子脂粉,襟袖上的泪痕尚依稀可见。典出唐元稹《莺莺传》:"崔氏娇啼宛转,红娘又捧之而去,终夕无一言。张生辨色而兴,自疑曰:'岂其梦耶?'及明,睹

妆在臂，香在衣，泪光荧荧然，犹莹于茵席而已。"⑤"天外"句：意思是黎明的残月还未落下，东方已透出亮色。"天外一钩残月、带三星"暗隐一"心"字。三星，即参星。

[赏析]

　　这是一首赠给歌妓的词作，写其离愁别绪，当作于元祐年间秦观任蔡州教授时。据胡仔《苕溪渔隐丛话前集》卷五十引《高斋诗话》记载，秦观在蔡州时，曾眷顾营妓陶心儿，临别时，写此词相赠。

　　上片"玉漏迢迢尽，银潢淡淡横"，描绘了一幅黎明时分的星空景象。玉漏声声，响了一夜，银河正逐渐暗淡西斜。"迢迢"二字既写出黑夜之漫长，也写出词人内心煎熬的漫长。"梦回宿酒未全醒，已被邻鸡催起、怕天明"，昨夜酒醉还没有全醒，人尚在梦中，却已经听到邻家的鸡叫声。这种叫声让词人感到惧怕，因为这是催人启程的信号，意味着与心上人的别离。一个"怕"字将词人不忍离别、难以割舍的心情写得十分准确而传神。面对冷酷的现实，梦往往成为心灵的慰藉，成为躲避困苦的港湾，但梦毕竟是短暂而虚幻的，破灭之后注定是无尽的悲伤。

　　下片"臂上妆犹在，襟间泪尚盈"，佳人留在手臂上的彩妆尚在，襟袖上的泪痕还没有干，仿佛人还在眼前，转眼已成往事，两个入微的细节写出佳人的留恋之情。元稹在《莺莺传》中曾这样描绘莺莺、张生幽会后的场景："及明，睹妆在臂，香在衣，泪光荧荧然，犹莹于茵席而已。"秦观此处所写，与《莺莺传》有异曲同工之妙。他善于从细微之处入手，抓住特别富有表现力的细节来展现人物的内心世界。"水边灯火渐人行，天外一钩残月、带三星"，天还没有全亮，水边已出现影影绰绰的灯火，那是行人在匆匆赶路，举首望去，只见天际间斜挂着一弯残月，几点星星。

这里一语双关,"天外一钩残月、带三星",暗藏着一个"心"字,想象奇特而别致,写出词人内心独特的感受。清人郭麟《灵芬馆词话》认为"以人名字隐寓词中,始于少游'一钩斜月带三星'",这是一个很有意思的话题。

上片以星空开始,下片仍以天际作结,前后形成呼应,写情细腻入微,意境深远,可谓秦观词作中的佳制。

南歌子
(其二)

愁鬓香云坠①,娇眸水玉裁②。月屏风幌为谁开③,天外不知音耗④、百般猜。 玉露沾庭砌⑤,金风动琯灰⑥。相看有似梦初回,只恐又抛人去、几时来。

[注释]

①"愁鬓"句:形容女子头发蓬松,满面忧愁的样子。香云:蓬松而带有香气的头发。②"娇眸"句:形容眼睛像水晶一样明亮透彻。水玉,水晶,比喻明亮澄澈。③月屏风幌:映月的屏风和随风飘荡的帘幕。④音耗:音信。⑤玉露:秋露。庭砌:指庭前的台阶。⑥金风:秋风。古代以西方为秋而主金,所以秋风也叫金风。琯(guǎn)灰:即葭灰,葭莩之灰。古人烧苇膜成灰,置于律管中,放密室内,用以预测节气。

[赏析]

这首词写男女离别之后的重逢,当作于元祐年间词人任蔡州教授时。

上片"愁鬟香云坠,娇眸水玉裁"从细处着眼,描画佳人蓬松不整的秀发、顾盼流转的眼睛。女子如此年轻美貌,应该勤于梳妆打扮,注意自己的仪表,此时为何懒于妆扮呢?一个"愁"字流露出她此时的心态,也对这一问题做出了回答。"月屏风幌为谁开,天外不知音耗、百般猜",月屏风幌,这是在为谁而开呢?显然是在等待着某一个人的到来,可是任何消息都没有,女子为此坐立不安,百般猜测,词人对其神态、心情的描写将开篇的"愁"字落到实处。

下片"玉露沾庭砌,金风动琯灰",转从景色写起:庭院前的石阶上已经洒满霜露,星转斗移,季节更替,转眼已是金秋,这是一个属于思念的季节。"相看有似梦初回,只恐又抛人去、几时来",终于见到了魂牵梦绕的那个人,但是久别重逢带来的并不仅仅是欣喜,还有那种恍如梦境的不确定感。女子无法不担心,短暂的相聚之后又将是离别,什么时候才能再次相见呢?毕竟她此前已经饱受思念的煎熬。一个"恐"字将女子十分复杂的心绪写得准确而传神,正如《草堂诗余续集》所云:"相看又恐去,未去先问来,宛女子小声轻哗。"

秦观性格敏感,情感丰富,其作品含蓄蕴藉,寄情深微,饶有情致。这首词正体现了这一特点,阅读时可细细体会。

南歌子
（其三）

香墨弯弯画①,燕脂淡淡匀②。揉蓝衫子杏黄裙③,独倚玉阑无语、点檀唇④。　　人去空流水,花飞半掩门。乱山何处觅行云⑤,

又是一钩新月、照黄昏。

[注释]

① 香墨：一种青色的描眉用的颜料。② 燕脂：即胭脂，用于做腮红的颜料。匀：化妆时将颜料匀齐搽脸。③ 揉蓝：古时一种从草中提取蓝色颜料的工艺，这里代指蓝色。④ 玉阑：玉石做的栏杆。点檀唇：涂口红。檀，古代女子用于点唇的一种颜料。⑤ 行云：比喻恋人的行踪有如浮云。

[赏析]

这首词有的版本题作"闺怨"，这也是其基本内容。

上片记人，通过"香墨"、"燕脂"、"揉蓝衫子杏黄裙"几个极富女性特征的细节描写，勾勒出一位美貌女子的光彩形象。俞平伯在《唐宋词选释》一书中对此有评述："上片写一独立的美人，多用颜色字面渲染映射，如一幅工笔画。"俗话说"女为悦己者容"，从女子细心精致的打扮和她"独倚玉阑无语、点檀唇"的情态可以知道，她正在默默地等待着一个人的到来。

下片宕开笔墨，转而写景。"人去空流水，花飞半掩门"，人已远去，只剩下潺潺的流水，落花飘飞，闺门半掩。虽是在写景，仍是在写人，以此烘托女子的孤单和落寞。"乱山何处觅行云"，远处山影凌乱，一片迷茫，到哪里才可以找到那片行踪不定的飞云呢？说是在寻找行云，其实是在寻找人的踪迹。从近景到远景，词人营造了一种寂寥落寞的意境。"又是一钩新月、照黄昏"，一个"又"字与上片的"独倚玉阑无语"形成照应，写出了等待的漫长和无奈，女子心中的焦虑和悲苦是可以分明感受到的。词人点到为止，留给读者巨大的想象空间。从期盼到幻想，又从落空到悲伤，用语不多，却写出女子内心这种复杂细微的变化。

清人刘熙载在其《艺概》一书中说："词非寄托而不入。"意思是词有寄托才能深入透彻。无论是写人还是写景，没有个人身世的寄托，没有个人情感的融入，只不过是机械地复制或照相，是很难打动人的。填词如此，写诗也是如此，所有文学创作都是如此。秦观在这首小词里是不是也融入了自己的人生寄托呢？反复摹写佳人漫长的等待与希望落空，是不是也有幽远难诉的弦外之音呢？这是需要细细体会的。

临江仙
（其一）

千里潇湘挼蓝浦①，兰桡昔日曾经②。月高风定露华清。微波澄不动，冷浸一天星。　　独倚危樯情悄悄，遥闻妃瑟泠泠③。新声含尽古今情④。曲终人不见，江上数峰青⑤。

[**注释**]

①挼（ruó）蓝：即"揉蓝"，这里指江水清澈湛蓝。浦：水边渡口，这里指江面。②兰桡（ráo）：兰木做的船桨，这里指兰舟。昔日曾经：这里指绍圣三年（1096）秦观自处州被贬到郴州，途经衡阳、长沙等地，泛舟湘江。③妃瑟：湘妃所弹拨的琴瑟。湘妃，即娥皇、女英，为帝尧之二女，舜之二妃。相传二妃没于湘水，后为湘水之神。泠（líng）泠：形容琴瑟之音清越凄凉。④新声：指新曲。⑤"曲终"二句：语出唐钱起《省试湘灵鼓瑟》。

[赏析]

北宋绍圣三年（1096），秦观被贬郴州，途中夜游湘江。千里潇湘，这里是诗人屈原当年的流放之地，如今词人也因被贬郴州而泛舟湘江，现实的潇湘与历史的长河就这样奇妙地重叠在一起。词人无限感慨，写下了这首《临江仙》。

上片"千里潇湘挼蓝浦，兰桡昔日曾经"，先从词人月夜下的泛舟潇湘写起。千里潇湘，江水澄澈，眼前的景象将词人的思绪带回往日，随后隐藏在内心的感受通过沿途景色的变换层层表现出来。潇湘这一意象有着丰富的内涵与特别的意义，因为这条江与屈原这位伟大诗人的名字联系在一起。"月高风定露华清。微波澄不动，冷浸一天星"，今晚故地重游，会欣赏到什么样的景色呢？小舟缓缓行进，月明风轻，波澜不惊，水天一色，星星在清冷的江水上发出幽光。眼前的景色是冷色调的，透出一股冷清、孤寂的气息，分明可以感受到词人淡淡的离愁、落寞的心绪。此处的写景为下片的点笔做了很好的铺垫。

下片"独倚危樯情悄悄，遥闻妃瑟泠泠"，写词人泛舟江上的感受。他独自倚着桅杆，静静站立着，隐隐听到远处传来凄越的琴声，那是湘妃在弹拨琴瑟吗？这里使用了湘妃的典故，"妃"，指湘妃，传说她们是舜的两个妃子娥皇和女英。舜南巡不回，两人泪洒湘竹，投湘水而死。据说二妃善于鼓瑟，故《楚辞·远游》有"使湘灵鼓瑟兮，令海若舞冯夷"之语。"新声含尽古今情"，古今年代虽然有别，但情感则是一样的，回荡千年的琴声自然也能引起今人的共鸣，昔日湘妃的深情如今化为词人心中的幽怨。结语"曲终人不见，江上数峰青"，虽是引用唐人钱起《省试湘灵鼓瑟》的诗句，但放在此处，十分贴切，也正符合南宋沈义父在《乐府指迷》中所说的"结句须要放开，含有余不尽之意"，千言万语，尽在不言中。清人杜文澜在其《憩园词话》中说:"诗之幽瘦者,宋人均以入词,如'曲终人不见,江上数峰青'一联,秦少游直录其语。若是者不少,是在填词家善于引用,亦须融会其意,不宜全录其文。总之,词以纤秀为佳,凡使气使才、矜奇矜僻,皆不可一犯笔端。"意思是说,前人诗中那些具有幽瘦风格的语句,宋人均引以入词,如"曲终人不见,江上数峰青"一联,秦观就在其词中直接引录。像这样的情况还有不少,关键在于填词家是否善于引用,当然也要融会其意,不宜全部照录。总之,词以纤秀为佳,大凡仗气使才、炫耀奇僻的毛病,在填词时都不要出现。

明人张綖在其《诗余图谱·凡例》中将词分为两类:"词体大略有二:一体婉约,一体豪放。婉约者欲其词调蕴藉,豪放者欲其气象恢宏。然亦存乎其人,如秦少游之作,多是婉约;苏子瞻之作,多是豪放。"将秦观作为婉约词派的代表,还是很有见地的。的确,秦观词作,深得婉约之致,"词调蕴藉"。这首词就写得清新婉转,含蓄而又灵动。

临江仙
（其二）

髻子偎人娇不整①,眼儿失睡微重。寻思模样早心忪②。断肠携手,何事太匆匆？　不忍残红犹在臂,翻疑梦里相逢。遥怜南埭上孤篷③。夕阳流水,红满泪痕中。

[注释]

① 髻子:女子所戴的发髻。宋李清照《浣溪沙》:"髻子伤春慵更梳,晚风庭院落梅初。"② 心忪:心惊。③ 南埭(dài):埭名,即召伯埭,在

今江苏高邮之南。唐李商隐《咏史》："北湖南埭水漫漫，一片降旗百尺竿。"孤篷：孤舟。

[赏析]

　　这首词写词人与一位女子的别离，当为秦观早年之作。

　　上片"髻子偎人娇不整，眼儿失睡微重"，仅仅是两个典型细节的刻画，一位娇美可爱的佳人形象便跃然纸上，如在眼前。词人善于营造氛围，写人写景都很有画面感，佳人依偎在词人怀里喃喃私语，发髻不整，头发凌乱，眼睛也因失睡而显得有些迷离。"寻思模样早心忪。断肠携手，何事太匆匆"，词人想着佳人楚楚动人的模样，心神有些不定。何以如此？尽管肝肠寸断，携手难舍，但天下没有不散的宴席，两人最终还是要分别的。总是经历这样痛苦不堪的分别，可以想见词人此时内心的悲伤。

　　下片"不忍残红犹在臂，翻疑梦里相逢"，写词人离开佳人之后的内心感受。脂粉还残留在手臂上，实在不忍拭去。美好的时光总是最短暂的，转眼即成往事，与佳人的相逢好像是在梦中。"遥怜南埭上孤篷"，"南埭"指秦观的故乡高邮，虽然已经与佳人分别，但离开家乡前独自踏上孤舟的分别场面，依然萦绕在脑海中，挥之不去。结语"夕阳流水，红满泪痕中"，是景语，也是情语。晚霞映照着江面，流水染成红色，那是离别的泪水吗？词人想象奇特，营造出一种全新的境界。

　　秦观言情，通常在心灵的层面着力，注重内心的感发。从琐碎的生活场景、微小的细节入手，选择那些最能打动人心的时刻，描摹渲染。整首词柔媚而清丽，含蓄而真挚，达到了言有尽而意无穷的艺术效果。

好事近

(梦中作)

春路雨添花,花动一山春色。行到小溪深处,有黄鹂千百。

飞云当面化龙蛇①,夭矫转空碧②。醉卧古藤阴下,了不知南北③。

[注释]

①化龙蛇:变成龙蛇一样的形状。②夭矫:飞动的样子。空碧:澄碧的天空。③了不知:全然不知。

[赏析]

这首词题作"梦中作",其创作颇有些传奇色彩,据宋人惠洪《冷斋夜话》记载:"秦少游在处州,梦中作长短句曰'山路雨添花'……"秦观于绍圣元年(1094)初夏被贬为监处州酒税,这首词即是在此期间所作。苏轼为该词写有题跋:"供奉官莫君沔官湖南,喜从迁客游,尤为吕元钧所称;又能诵少游事甚详,为予诵此词至流涕,乃录本使藏之。"大意是说:供奉官莫沔到湖南做官,喜欢结交那些被贬谪之人,为吕元钧所称道;他讲述秦观的事情甚为详细,给我讲这首词时,流下了眼泪,遂将其抄录收藏。黄庭坚也为这首词写有跋语:"少游醉卧古藤下,谁与愁眉唱一杯?解作江南断肠句,只今惟有贺方回。"大意是说:秦观醉卧在古藤之下,有谁与这位愁者一起饮酒赋诗呢?这是江南断肠句,如今只有贺方回能写这样的作品了。既是梦中所作，所写自然也是梦境，以梦抒情言志也是秦观擅长的一种手法。

上片"春路雨添花，花动一山春色"，描绘了一幅山色春光图：词人走在幽静的山路上，天上忽然飘下绵绵春雨，山花烂漫，娇艳欲滴。山花因春雨的滋润而娇艳，由此搅动一山春色，一个"动"字寓静于动，用得鲜活生动，十分传神。"行到小溪深处，有黄鹂千百"，顺着小溪，走到远山深处，有千百只黄鹂在婉转鸣叫。

下片"飞云当面化龙蛇，夭矫转空碧"，转而写天空的云朵。天上飞云流过，变幻莫测，时而化为龙蛇，时而消失不见，万里碧空如洗。"醉卧古藤阴下，了不知南北"，此时的词人已悠然醉卧在古藤下，全然不知东西南北，不知身在何处。结尾两句，由动至静，营造了一种无我之境，反映出词人飘然出世的思想。词人醉酒古藤，似乎洒脱超然，实际上是对当时政治乱象的一种反抗。明人沈际飞在《草堂诗余续集》中说此词有"白眼看世之态"，把握还是很准的。

日有所思，夜有所梦。梦中所作之词也许更能传达词人的心声。词中所写的梦境是词人所向往的，恬淡闲适的生活也是身遭贬谪流放的词人所渴求的，但这些在现实生活中注定是无法实现的，也只能在梦中经历了。词人悲苦、无奈的心绪由此可以想见。

秦观遭受挫折后，常借梦境来舒缓现实中的郁闷，但梦醒之后的残酷现实使其更加忧伤。近代词家冯煦在其《宋六十一家词选·例言》中这样评价秦观："淮海、小山，古之伤心人也。其淡语皆有味，浅语皆有致。求之两宋词人，实罕其匹。"王国维大体赞同这一看法，但也有异议，他认为伤心人"此唯淮海足以当之。小山矜贵有余，但可方驾子野、方回，未足抗衡淮海也"。在他看来，秦观才是真正的古之伤心人。

补遗

如梦令

莺嘴啄花红溜,燕尾点波绿皱①。指冷玉笙寒②,吹彻小梅春透③。依旧,依旧,人与绿杨俱瘦。

[注释]

①点波绿皱:燕子从水上掠过,水面上泛起绿色的涟漪。唐王涯《春游曲》:"万树江边杏,新开一夜风。满园深浅色,照在绿波中。"②玉笙:一种管乐器。南唐李璟《摊破浣溪沙》有"细雨梦回鸡塞远,小楼吹彻玉笙寒"之句。③小梅:即梅花引,词调名,也指笛曲。唐李白《与史郎中钦听黄鹤楼上吹笛》:"黄鹤楼中吹玉笛,江城五月落梅花。"南唐冯延巳《菩萨蛮》:"梅花吹入谁家笛。"

[赏析]

这首词有的版本题作"春景",这也是这首词的主要内容。

开篇"莺嘴啄花红溜,燕尾点波绿皱",通过两种鸟的活动写出一派莺歌燕舞、红花绿波的明媚春光,莺嘴啄花、燕尾剪波,眼前的景色触动了怀人的心绪。"啄"、"点"二字化静为动,一下将生机盎然、风光无限的春天写活;"红"、"绿"二字则展现了春天艳丽的颜色。几个字的锤炼和巧用使画面逼真生动,如在眼前。然亦有观点认为作者极尽雕琢气力状物写景,不免落于攻琢之痕。《草堂诗余》称其"琢句奇峭",宋人俞文豹

《吹剑录》也说"莺嘴"这两句,"咏物形似,而少生动,与'红杏枝头'费如许气力"。王世贞《弇州山人词评》亦云"险丽"。上述观点或许有些言重。"指冷玉笙寒,吹彻小梅春透"两句,作者笔锋一转,写怀人之思,此处化用南唐中主李璟的词句"细雨梦回鸡塞远,小楼吹彻玉笙寒",词人连用"冷"、"寒"两个冷色调的字,写出情感的转变。悠悠的乐曲声将人的思绪从欣赏眼前的美景转向对故人的思念,有一种淡淡的感伤和哀愁。

"依旧,依旧,人与绿杨俱瘦",可谓点睛之笔,既写出绿柳婀娜的风姿,又写出词人情深的韵致。两个"依旧"连用,内涵丰富,既可以理解为年年春色,风光依旧,也可以理解为一往情深,不因时光流逝而改变。"瘦"字更是形象生动,人物情态宛然如画。《草堂诗余》云:"春柳未必瘦,然易此字不得。"确实如此,用花草的"瘦"来比拟人的瘦,这是很多词人喜欢使用的一种手法,如李清照的《醉花阴》"莫道不销魂,帘卷西风,人比黄花瘦"、《如梦令》"知否,知否,应是绿肥红瘦"、《点绛唇》"露浓花瘦,薄汗轻衣透"等等。

秦观词作中,最为人称道的就是这类以幽微柔婉取胜的作品。没有豪言壮语的渲染,没有大起大落的波折,有的只是一种幽远恬淡的意境,一切都是那么淡淡的、朦胧的,需要细细回味。这首词善于用色彩营造意象,并将色彩意象心灵化。黑格尔在其《美学》一书中说:"在艺术里,感性的东西是经过心灵化了,而心灵的东西也借感性化而显现出来了。"用在此处评价这首词的特色,再贴切不过。

木兰花慢

过秦淮旷望①,迥萧洒②,绝纤尘。爱清景风蛩③,吟鞭醉帽④,时度疏林。秋来政情味淡⑤,更一重烟水一重云。千古行人旧恨,尽应分付今人⑥。　　渔村望断衡门⑦。芦荻浦⑧,雁先闻。对触目凄凉,红凋岸蓼,翠减汀蘋⑨。凭高正千嶂黯⑩,便无情、到此也销魂。江月知人念远,上楼来照黄昏。

[注释]

①秦淮:指秦淮河,为长江下游支流。旷望:眺望,远望。②萧洒:开阔凄清的样子。③风蛩(qióng):风中的蛩声。蛩,蟋蟀,这里指蟋蟀的叫声。④吟鞭醉帽:诗人之鞭、醉客的帽子,这里指诗人和饮酒之人。⑤政:通"正",正是。⑥分付:交付。⑦衡门:横木为门,这里指简陋的居室。《诗经·衡门》:"衡门之下,可以栖迟。"⑧浦:水边渡口。⑨"红凋"二句:意思是水边的红蓼凋谢了,水岸上的蘋叶也枯萎了。此处化用宋柳永《八声甘州》词句:"是处红衰翠减,苒苒物华休。"⑩千嶂黯:指连绵的群山开始暗淡下来。此处化用宋范仲淹《渔家傲》词句:"千嶂里,长烟落日孤城闭。"

[赏析]

这首词写路过秦淮时的所见所感,当作于词人年轻时。据陈师道《秦少游字叙》记载,秦观早年"如杜牧之强志盛气,好大而见奇。读兵家书,乃与意合，谓功誉可立致，天下无难事"。意思是说秦观早年有杜牧那样的强志盛气，志向远大，见解新奇。读兵家书，感到与自己的意见甚合，认为功名可立致，天下并无难事。由此可见秦观性格的另一面，并非"柔弱"二字所能全部概括。秦观早年的作品中时见豪迈之风，比如《望海潮》，还有这首《木兰花慢》。

上片开篇"过秦淮旷望，迥萧洒，绝纤尘"，交代作品所写地点为秦淮，这里是历代文人墨客流连之地。"旷望"一词告诉读者，人已过秦淮，回首眺望，一片空旷凄清，别是一番风景。"迥萧洒、绝纤尘"，这既是景色的描写，也是心情的体现，"爱"字以下三句借景写人，词人在马上高吟低唱，听着秋虫低鸣，穿过稀疏的树林。下两句突出一个"淡"字，与"更一重烟水一重云"一起营造出一种迷离而悠远的意境。"千古行人旧恨，尽应分付今人"，千古行人在秋天里所有的羁旅之苦，如今都能充分体会到。词人那种略带忧伤的心绪，于此可见。

下片由秋景写到秋思，"望断"与上片的"旷望"形成照应，"渔村望断衡门。芦荻浦，雁先闻"，远处是一座渔村，极目望去，隐隐约约可以看到一些房屋。芦苇丛生的渡口上空，雁过声声。"对触目凄凉，红凋岸蓼，翠减汀蘋"，近处也是满目凄凉，水边的红蓼凋谢了，水岸边的蘋叶枯萎了，这种凄凉也是词人内心的体现。"便无情、到此也销魂"，即便是铁石心肠的人，看到如此凄清萧索的景象也会黯然伤神，何况是内心敏感的词人呢？"江月知人念远，上楼来照黄昏"，登高远望，江上的月亮大概知道词人在思念远方的亲人吧，很体贴地在楼上映照着。

词人善于描写孤寂清冷的自然风景，抒发内心的孤独和落寞，创造出一种萧瑟凄厉的"有我之境"。这首词所写为秦淮之秋，抒发羁旅之苦，写得情景交融，可谓词中有画，画中有词。

醉蓬莱

见扬州独有,天下无双,号为琼树①。占断天风,岁花开两次。九朵一苞,攒成环玉②,心似珠玑缀。瓣瓣玲珑,枝枝洁净,世上无花类。　　冷露朝凝,香风远送,信是琼瑶贵③。料得天宫有,此地久难留住。翰苑才人④,贵家公子,都要看花去。莫吝金钱,好寻诗伴,日日花前醉。

[注释]

① 琼树:即琼花,一种珍贵的花。叶柔而莹泽,花色微黄而有香。② 攒(zǎn):聚集。③ 琼瑶:美玉或白雪,这里比喻花朵的洁白。④ 翰苑:文苑。

[赏析]

这首词为咏物词,写扬州琼花,当作于北宋元丰三年(1080)。秦观是扬州高邮人,那里盛产琼花。对他来说,琼花既是一种花卉的名称,也是一个特别的意象——体现故乡情结的意象。在秦观的词作中,不时可以看到与扬州相关的意象,有一种浓郁的乡关情怀。

上片"见扬州独有,天下无双,号为琼树",点出琼花为扬州一地所独有,天下无双。之所以这样说,也是有根据的,据周密《齐东野语》记载:"扬州后土祠琼花,天下无二本。绝类聚八仙,色微黄而有香。仁宗庆历中,尝分植禁苑,明年辄枯,遂复载还祠中,敷荣如故。淳熙中,寿皇亦尝移植南内,逾年,憔悴无花,仍送还之。其后,宦者陈源命园丁取孙枝移接聚八仙根上,遂活,然其香色则大减矣。"这段记载颇有些传奇色彩,不可外地移植,只能长于扬州,否则要么枯萎,要么香色大减,由此不难想见琼花的珍贵,所以词人有"占断天风,岁花开两次"之说。"九朵一苞"以下几句,详细描写琼花的形态,写出其花朵之美,冰清玉洁,人世间没有什么花能与之媲美。

下片继续赞美琼花,由写形转而写神。"冷露朝凝,香风远送,信是琼瑶贵",承接上片,写出琼花的香气。露珠在花瓣上滚动,微风过处,传来阵阵花香,由此才知道琼花的名贵之处。"料得天宫有,此地久难留住",再次强调,此花并非凡品,只应天上有,此地久难留。"翰苑才人,贵家公子,都要看花去",无论是翰苑才子还是贵家公子,都要去欣赏这种人间难得一见的名花。"莫吝金钱,好寻诗伴,日日花前醉",最后几句,写出词人的感慨,好花不常开,好景不常在,因此要把握时机,如同面对短暂的人生,不要吝啬金钱,赶快去寻伴作诗,好好享受生活。未必人人都赞成这种心态,但它反映了词人对人生的一种理解和体验。

除这首词之外,秦观还写有《琼花》诗:"无双亭上传觞处,最惜人归月上时。相见异乡心欲绝,可怜花与月应知。"可与这首词对读。

唐五代词多写风骚艳情、儿女情长,咏物词则不多见。至北宋,词的题材范围扩大,咏物词逐渐增多,到南宋则较为盛行,出现不少精工之作。秦观的咏物词虽然不多,但也体现了这一创作趋势,丰富和拓展了词的艺术表现空间,可以看作一种有益的艺术尝试。

御街行

银烛生花如红豆①。这好事、而今有。夜阑人静曲屏深,借宝瑟②、轻轻招手。可怜一阵白蘋风③,故灭烛、教相就。　花带雨、冰肌香透。恨啼鸟、辘轳声晓④,岸柳微风吹残酒⑤。断肠时、至今依旧。镜中消瘦。那人知后,怕你来僝僽。

[注释]

① 红豆:相思树、红豆树的种子,色彩鲜红。古人常以红豆象征爱情。② 宝瑟:瑟的美称。③ 白蘋:一种长在水里的浮草。南朝梁柳恽《江南曲》:"汀洲采白蘋,日暖江南春。"④ 辘轳:安在井上绞起汲水斗的器具。⑤ "岸柳"句:此处化用柳永《雨霖铃》词句:"今宵酒醒何处?杨柳岸,晓风残月。"

[赏析]

清人舒梦兰《白香词谱》云:"御街之名,始于宋代。"这里所说的御街位于当时的汴京,《御街行》这个词牌即由此而来。

这首词描写一对男女夜晚幽会的情景。其作者有争议,有秦观、黄庭坚两种说法。据宋杨湜《古今词话》记载:"秦少游在扬州刘太尉家,出姬侑觞。中有一姝,善擘箜篌。此乐既古,近时罕有其传,以为绝艺。姝又倾慕少游之才名,偏属意,少游借箜篌观之。既而主人入宅更衣,适值狂风灭烛,姝来且亲,有仓卒之欢,且云:'今日为学士瘦了一半。'少游因作《御街行》以道一时之景。"按照这一说法,秦观在刘太尉家饮酒,借主人入宅更衣的间隙，趁着风吹蜡烛的机会，与其姬妾有过一段极为短暂的幽会，并作《御街行》以记其事。这是作者为秦观的主要证据，所述本事与这首词的内容颇为一致。

上片起句"银烛生花如红豆"，既交代了时间、场景，又点出该词的主旨。这是一个高点银烛的夜晚，"红豆"一词预示着男女之间的情事。于是便有了下句"这好事、而今有"。"夜阑人静曲屏深，借宝瑟、轻轻招手"，夜深人静，曲屏幽深，佳人借弹宝瑟之机，向词人轻轻招手。"可怜一阵白蘋风，故灭烛、教相就"，一阵清风吹过，蜡烛幽暗，似乎在暗示两人亲近。

下片一改上片的轻快，转写欢会之后的相思。"花带雨、冰肌香透"，写出女子的迷人之态。"恨啼鸟、辘轳声晓，岸柳微风吹残酒"，美好的时光总是短暂的，尽管昨夜的酒醉还没有过去，门外的啼鸟声、辘轳声已在预示着新的一天的到来。"断肠时、至今依旧。镜中消瘦"，分手时的情况至今仍无法忘记，看看镜子，人已消瘦。"那人知后，怕你来僝僽"，佳人如果知道词人的相思，只怕又增加不少愁怨吧。

这首词先写欢会，后写思念，前后形成鲜明的对比，有一种悲苦之情。虽然写男女的欢爱，但并非艳词可比，比较符合秦观的一贯风格。

阮郎归

春风吹雨绕残枝，落花无可飞。小池寒绿欲生漪①，雨晴还日西。帘半卷，燕双归，讳愁无奈眉②。翻身整顿着残棋，沉吟应劫迟③。

[注释]

①漪：微小的波纹。②讳愁：隐藏内心的痛苦。③应劫：围棋用语。应付对方的抛劫。

[赏析]

这首词是写春愁。上片"春风吹雨绕残枝，落花无可飞"，写的虽是春景，但在女主人公的眼里，却并非生机盎然，缤纷烂漫，而是一派风吹残枝、落花流水的衰败景象，"残枝"、"落花"奠定了全词幽冷凄清的基调。此时的春风既不是"春风又绿江南岸"里的春风，也不是"春风得意马蹄疾"里的春风，而是凋残中透着凄凉的春风。"小池寒绿欲生漪，雨晴还日西"，词人措词非常讲究，"绿"用"寒"来形容，准确、细腻地传达出女子此时的心理感受。绵绵细雨好不容易才停下来，却又到了夕阳西下的黄昏时分，一个"还"字含有多少愁怨！

下片"帘半卷，燕双归"，从室外的景色转向眼前的女子。黄昏时分，珠帘半卷，燕子双双飞回。此景正如明人李攀龙在《草堂诗余隽》卷二所言："以春花点春景，以春燕触春情，情景逼真。……落花、归燕，俱是抚景伤情之语。""双燕"在古代诗词中是颇为常见的意象。李白《双燕离》有"双燕复双燕，双飞令人羡"之语，欧阳修《采桑子》有"双燕归来细雨中"之语，燕子春日里的成双成对与女子的孤窗独守形成鲜明对比。

"讳愁无奈眉"，由燕子的飞回引起女子更深的愁思，远游的燕子尚知飞回，自己思念的人如今何在呢？努力不想露出愁容，但愁容早已写在眉头，无可掩饰。明人徐士俊在卓人月编选的《古今词统》一书中点评道："'讳愁'五字，不知费多少安顿。"意思是这五个字用得如此妥帖，不知词人费了多少心力，点出词人刻画人物心理纤细入微的高超技巧。"翻身整顿着残棋,沉吟应劫迟",写女子决心摆脱愁闷的心绪,她起身整顿残棋,却举棋不定,早已心不在焉,神游愁思了。她"沉吟"的不是棋局,而是无法排遣的忧愁。她不想流露出愁思,却偏偏透过细微的神情显现出来。秦观擅长用细致入微的笔调描写人物内心,难怪明人杨慎在《草堂诗余》一书的评点中赞叹:"'翻身'二句,愁人之致,极宛极真。此等情景,匪夷所思。"

满江红

(姝丽①)

越艳风流②,占天上、人间第一。须信道、绝尘标致③,倾城颜色④。翠绾垂螺双髻小⑤,柳柔花媚娇无力。笑从来、到处只闻名,今相识。　脸儿美,鞋儿窄。玉纤嫩,酥胸白。自觉愁肠搅乱,坐中狂客。金缕和杯曾有分⑥,宝钗落枕知何日?谩从今、一点在心头⑦,空成忆。

[注释]

① 姝(shū)丽:美貌的女子。② 越艳:美女西施出自越国,后以"越艳"泛指越地的美貌女子。③ 须信道:须知道。宋晏殊《渔家傲》:"莫惜醉来开口笑。须信道,人间万事何时了。"绝尘:超尘脱俗,遥不可及。④ 倾城:女子容貌绝美。《汉书·外戚传》:"李延年歌曰:'北方有佳人,绝世而独立。一顾倾人城,再顾倾人国。'"⑤ 垂螺:古代女子盘发为髻,下垂似螺。⑥ 金缕和杯:边唱《金缕衣》边劝酒。金缕,《金缕衣》,曲名。

⑦ 一点：一点相思。

[赏析]

　　这首词写词人对一位美貌女子的仰慕之情。据《苕溪渔隐丛话后集》引《艺苑雌黄》云："程公辟守会稽，少游客焉，馆之蓬莱阁。一日，席上有所悦，自尔眷眷不能忘情。"秦观所眷恋的那位女子很可能就是这首词中所写的姝丽。如果这种说法能成立的话，这首词当作于元丰二年（1079）。

　　上片"越艳风流，占天上、人间第一"，一改以往词人含蓄委婉的词风，写得大胆直露，热情洋溢。词人不吝惜赞美的语句，夸赞自己所仰慕的这位女子，称无论是天上还是人间，其美貌风流都是首屈一指的。以词人阅人之多，能让他如此动心的女子，想必非等闲之辈。

　　"须信道、绝尘标致，倾城颜色"，词人不仅自己仰慕，希望读者也相信，眼前的这位女子确实是超凡脱俗，他似乎找不到更为合适的词语来形容这位女子，只好用"倾城颜色"这种常见的词语来描绘。词人如此夸赞，自然会引起读者的好奇：到底这位女子美丽到何种程度呢？"翠绡垂螺双髻小，柳柔花媚娇无力"，词人只提到女子精致的发髻与娇柔无力的神态，正如王安石所云"意态由来画不成"，真正的美是画笔无法画出来的，文字的描绘也显得苍白，还是发挥自己的想象力吧。"笑从来、到处只闻名，今相识"，词人早就听闻女子芳名，倾慕已久，今日才得相识，内心的激动之情是可以想象到的。

　　下片"脸儿美，鞋儿窄。玉纤嫩，酥胸白"，继续写词人眼中的女子，写得非常细致，如同特写镜头，连续几个细节将女子惊人的美貌展现给读者。"自觉愁肠搅乱，坐中狂客"，俗话说，喜极而悲，看着眼前倾慕已久的女子，词人感到一丝惆怅。"金缕和杯曾有分，宝钗落枕知何日"，是啊，佳人近在咫尺，却又远在天涯，不知道是否有机会和她一起饮酒唱曲，进而一起欢会。"谩从今、一点在心头，空成忆"，显然，这样的机会未曾到来，如今一切都已成为回忆，留在心头的也只有这一点相思了。世间美好的东西不见得一定都要得到，留在心头的也许才永远是最美好的。

整首词写得率真直露，表达了词人对一位女子的倾慕，写得艳而不俗，与一般的艳词不同，也与秦观常见的含蓄委婉词风不同，反映了其创作的另一面。

词在宋代发展成熟，与诗的题材、内容及风格逐渐形成明显的区别，各具特色，这种区分也可以看作文学创作的一种自觉分工。宋人讲究诗歌的"言理而不言情"，这是宋人诗歌创作的一种追求。这种追求将宋人诗歌与唐人诗歌区别开来，形成自己的特色。正是因此，有人说宋诗是"被爱情遗忘的角落"。伴随着这种分工，有关爱情的题材内容主要由词来承担，可以表达男女的相思，可以表达彼此的恋情。秦观词作中多男女相思之情的描写，这既是其情感生活的反映，也是他对词这一文体创作传统的继承，后人将其视作词的正宗或婉约派的代表人物，还是有其道理的。

画堂春

东风吹柳日初长，雨余芳草斜阳。杏花零落燕泥香[①]，睡损红妆。宝篆烟消龙凤[②]，画屏云锁潇湘[③]。夜寒微透薄罗裳，无限思量。

[注释]

①"雨余芳草斜阳。杏花零落燕泥香":此处化用温庭筠《菩萨蛮》词句:"雨后却斜阳,杏花零落香。"② 宝篆:即篆香,薰香的一种美称。③ 画屏:有图画装饰的屏风。

[赏析]

这首词有的版本题作"春怨",这两个字概括了其基本内容。

首句"东风吹柳日初长",写出女主人公对春天的感觉。东风、柳树,这是最能体现春天的两个意象,让人联想到东风和煦、杨柳依依的春日景色。"日初长"既是对春日时光的如实描述,也写出了对春天的感觉,为后面的相思做了很好的铺垫。紧接着,"雨余芳草斜阳。杏花零落燕泥香"两句细细描绘美好的春色,春雨绵绵,芳草萋萋,一切在夕阳下都显得那么美好,有着无限情致。杏花飘落在地,燕子衔着带有落香的泥土忙着筑巢做窝。王国维认为温庭筠《菩萨蛮》"雨后却斜阳,杏花零落香"之语是秦观"雨余芳草斜阳。杏花零落燕泥香"的出处,不过"虽自此脱胎,而实有出蓝之妙"(《词辨》)。秦观将相似的意境和感受表现得更为细腻传神,内涵更为丰富,也更有韵味。随后笔锋一转,本应踏青赏春的季节里,却有一位女子"睡损红妆",闺房内顿时带有一层淡淡的惆怅色彩,与室外明媚的春光形成鲜明对比。

上片侧重写景,下片则由景生情,时空也从白天的户外转向夜晚的室内,"宝篆烟消龙凤,画屏云锁潇湘",香炉内烟雾缭绕,画屏上描绘着潇湘风景,这是对女子的闺房进行描写。一个"锁"字描绘了画屏上烟雾笼罩潇湘的情景,这又何尝不是女子此时处境的形象写照呢?宋人杨湜《古今词话》云:"少游《画堂春》'雨余芳草斜阳,杏花零落燕泥香'之句,善于状景物。至于'香篆暗销鸾凤,画屏萦绕潇湘'二句,便含蓄无限思量意思,此其有感而作也。"虽然其引文与本书所据不同,但其评述还是颇为精到的。"夜寒微透薄罗裳",乍暖还寒的春夜里,女子穿着薄薄的纱衣,阵阵寒意袭来。结语"无限思量",既是点题,也是为全词做收结,可谓画龙点睛,万千思绪,尽在不言中,正如明人李攀龙在《草堂诗余隽》卷四眉批所云:"句句写景入画,言少而意甚多。"又云:"以奇才运奇调,堪称奇章。"点出该词的特点,不仅写景入画,而且言少意多,余味无穷。

全词遣词造句看似寻常,实则颇为讲究,清人周济在其《介存斋论词杂著》中这样评价秦观:"少游正以平易近人,故用力者终不能到。"意思是说,秦观的作品亲切自然,以其平和晓畅打动人,那些雕琢词句者是无法达到这一境界的。

海棠春

流莺窗外啼声巧①,睡未足、把人惊觉。翠被晓寒轻②,宝篆沉烟袅。　　宿酲未解宫娥报③,道别院、笙歌会早。试问海棠花,昨夜开多少④?

[注释]

①流莺:即莺。流,言其叫声优美婉转。②翠被:绣有翡翠纹饰的被子。③宿酲(chéng):宿醉。东汉末徐干《情诗》:"忧思连相属,中心如宿酲。"宋司马光《和留守相公寄酒与景仁》:"想对白衣初满倾,执杯未饮已诗成。怀贤孤坐悄无语,不是朝来困宿酲。"④"试问"二句:此处化用唐韩偓《懒

起》诗句:"海棠花在否?侧卧卷帘看。"

[赏析]

　　这首词有的版本题作"春晓"。据《康熙词谱》云,《海棠春》词牌始自秦观,因词中有"试问海棠花,昨夜开多少"之语,故名。

　　上片"流莺窗外啼声巧,睡未足、把人惊觉",描绘了一幅佳人春睡图:窗外莺鸟的啼叫婉转悦耳,将佳人从睡梦中惊醒,新的一天就这样开始了,黄莺的鸣叫让人联想到春日旖旎的风光。"翠被晓寒轻,宝篆沉烟袅",词人没有再继续写佳人,转而去写闺房。春风不似寒风之凛冽,也不如夏风之温暖,一个"轻"字,将翠被中佳人那种微凉似寒的细腻感受写得恰到好处。香炉内升起袅袅轻烟,寓示着时光的流逝。

　　下片"宿醒未解宫娥报,道别院、笙歌会早",佳人还没有从昨夜的醉酒中清醒过来,就已经有宫娥来报告消息,别院的酒宴又早早开始了。"试问海棠花,昨夜开多少",出人意料的是,面对宫娥的催促,佳人并没有直接回答,转而问了一个与歌宴看似无关的问题:海棠花昨夜开了多少?春光明媚,风景无限,但是佳人却整天忙于歌舞宴饮,没有时间去欣赏、去享受,辜负了大好春光,提问的背后是一丝遗憾和惆怅。李清照在《如梦令》中亦写到类似的意象:"昨夜雨疏风骤。浓睡不消残酒。试问卷帘人,却道海棠依旧。知否,知否?应是绿肥红瘦。"将两者对读并进行比较,是个非常有趣的话题。同样是因饮酒错过了赏花的良机,同样是询问海棠,但其背后的情感色彩是不一样的。《海棠春》的问带有一丝无奈和伤感,因为整天忙于歌舞宴饮,不仅错过了美好的春天,也错过了美好的青春;《如梦令》的问带有一丝遗憾,因醉酒而沉睡,担心错过海棠的花期,但词人显得颇为豁达,即便是错过也没有问题,她可以摹想海棠绿肥红瘦的情景。

清人洪昇在其传奇《长生殿》第四出《春睡》中全文引用这首词,以刻画杨贵妃"春宵苦短日高起"的迷人神态,可见这首词是得到其高度认可的。

忆秦娥

暮云碧,佳人不见愁如织①。愁如织,两行征雁,数声羌笛②。锦书难寄西飞翼③,无言只是空相忆。空相忆,纱窗月淡,影双人只④。

[注释]

①"暮云"二句:此处化用唐李白《菩萨蛮》词句:"平林漠漠烟如织,寒山一带伤心碧。"②羌笛:古代的一种管乐器。因出于羌中,故名。唐王之涣《凉州词》:"羌笛何须怨杨柳,春风不度玉门关。"唐岑参《白雪歌送武判官归京》:"中军置酒饮归客,胡琴琵琶与羌笛。"③锦书:书信。西飞翼:青鸟。④影双人只:指一个人在灯光和月光下出现两个影子。

[赏析]

这是一首闺情词,抒发女子对远方离人的思念。

上片"暮云碧,佳人不见愁如织",女子登楼远眺,但见夕阳西下,天阔云碧,显然她有一种怅然的心绪,让人不禁联想到"独上高楼,望尽天涯路"的景象。下句以"愁"字统摄,奠定了全词的情感基调,这个"愁"与"暮云"的色调是一致的。"愁如织,两行征雁,数声羌笛",举目所见,唯有两行在天空渐行渐远的征雁,还有远处传来的悠悠的羌笛声。

下片直接抒发女子对远方亲人的思念，"锦书难寄西飞翼"，"锦书"与"征雁"呼应，征雁不留，锦书难托，女子望穿秋水，没有办法将自己对亲人的相思传达出去。在交通资讯不发达的古代，空间的阻隔即意味着音信的断绝，由此生出多少相思和苦痛。"无言只是空相忆"，一个"空"字，将失落、愁苦、孤单等万千愁绪融于一体。"空相忆，纱窗月淡，影双人只"，转向写景，风轻云淡，月照纱窗，陪伴女子的只有她本人孤单的身影。明人卓人月在其《古今词统》中评价这首词"结句简隽"，指出这首词简洁而有韵味，万千话语，尽在不言中。整首词写得清新自然，语言质朴，朗朗上口，为读者描绘出一个空灵淡雅的境界。

通过秦观的这首闺情词也可以看出其此类作品的一个共同特点，那就是对笔下的女性进行形象描摹，刻画入微。秦观虽然是位男性，但他经常转换角色，从女性的角度来揣摩她们的心理，写出她们内心复杂的感受。这与秦观的生活经历有关，他一生与多位歌女交往，对她们有较多的了解。另外也与秦观的性格有关，他生性敏感，对情感的体验细致入微，故写女子的离愁别绪准确而传神。

菩萨蛮

金风簌簌惊黄叶[①]，高楼影转银蟾匝[②]。梦断绣帘垂，月明乌鹊飞[③]。　　新愁知几许？欲似柳千缕。雁已不堪闻，砧声何处村[④]？

[注释]

① 簌簌（sù）：树叶飘落的样子。② 银蟾：月亮的别称，传说月中有

蟾蜍，又称玉蟾。唐白居易《中秋月》："照他几许人肠断，玉兔银蟾远不知。"匝（zā）：满月，月圆。③"月明"句：此处化用曹操《短歌行》诗句："月明星稀，乌鹊南飞。绕树三匝，何枝可依？"④"雁已"二句：此处化用唐李颀《送魏万之京》诗句："鸿雁不堪愁里听，云山况是客中过。"砧声，捣衣声。

[赏析]

    这首词有的版本题作"秋闺"，写闺中佳人的愁思。

    上片"金风簌簌惊黄叶"，一个"惊"字，语意丰富，既是描绘秋风簌簌，吹落满树枯叶的场景，也是指人物心里的感觉。斗转星移，时光如梭，转眼间又到了秋风扫落叶的季节。"高楼影转银蟾匝"，随着高楼影子的转动，圆圆的月亮升起在空中。清人黄苏在其《蓼园词选》中评论此句："按'匝'字从'转'字生来，匹月由东而西，转于高楼之上者，已匝也。"如此凄清萧索的秋夜，自然会牵动人的无限思绪。"梦断绣帘垂，月明乌鹊飞"，绣帘低垂，睡梦已断，月光下隐隐传来乌鹊飞动的鸣叫声，可见深闺中的佳人一直在辗转反侧，无法入眠。

    下片"新愁知几许？欲似柳千缕"，承接上片，直接点题，写出女子的愁绪。旧恨未消，又添新愁。心中的忧愁到底有多少呢？就像千条万缕的柳枝。词人比喻新奇，将无形的愁绪写得具体可感。"雁已不堪闻，砧声何处村"，此处化用唐人李颀的诗句，用得十分妥帖。雁过声声，不堪听闻，偏偏捣衣声又不知从哪个村子里隐隐传来，倍增愁思。

    词人不仅善于写景，更善于调动人的听觉，用风声、雁声、砧声这些极富秋天特征的声音，将凄清的秋色写得可观可听，栩栩如生，正如明人李攀龙在《草堂诗余隽》中所评："如风声、雁声、砧声，俱足动秋闺之思。"

通过这首词可以感受到秦观小令的语言之美。比如叠字的运用,如《南歌子》"玉漏迢迢尽,银潢淡淡横",《鹊桥仙》"两情若是久长时,又岂在朝朝暮暮",《八六子》"那堪片片飞花弄晚,蒙蒙残雨笼晴"等。这首词中的"金风簌簌惊黄叶"一语以"簌簌"来模拟秋风阵阵的情景,形象生动,且增加了词的节奏感和音乐性。正是因为秦观的词朗朗上口,因而被歌女广为传唱,在当时相当流行。据宋人叶梦得《避暑录话》卷下记载:"秦少游亦善为乐府……元丰间盛行于淮楚。"明人徐师曾《文体明辨序说》亦云:"秦少游之词,传播人间,虽远方女子,亦知脍炙,至有好而至死者,则其感人,因可想见。"

金明池

(春游)

琼苑金池①,青门紫陌②,似雪杨花满路③。云日淡、天低昼永,过三点两点细雨④。好花枝、半出墙头⑤,似怅望、芳草王孙何处⑥。更水绕人家⑦,桥当门巷,燕燕莺莺飞舞。 怎得东君长为主⑧?把绿鬓朱颜⑨,一时留住。佳人唱、金衣莫惜⑩,才子倒、玉山休诉⑪。况春来、倍觉伤心,念故国情多⑫,新年愁苦。纵宝马嘶风,红尘拂面⑬,也则寻芳归去。

[注释]

① 琼苑金池:琼林苑、金明池,都是当时汴京著名的苑囿,风景优美。
② 青门:指汴京的顺天门。紫陌:指帝都郊野的道路。唐李白《南都行》:"高

楼对紫陌,甲第连青山。"③似雪杨花:这里指柳絮。④"过三点"句:此处化用唐吴融《闲望》诗句:"三点五点映山雨,一枝两枝临水花。"⑤"好花枝"句:此处化用宋魏夫人《菩萨蛮》词句:"隔岸两三家,出墙红杏花。"⑥芳草王孙:此处化用《楚辞·招隐士》:"王孙游兮不归,春草生兮萋萋。"⑦水绕人家:宋苏轼《蝶恋花》:"燕子飞时,绿水人家绕。"⑧东君:指春神。五代成彦雄《柳枝词九首》之三:"东君爱惜与先春,草泽无人处也新。"⑨绿鬓朱颜:指青春年华。南朝梁吴均《和萧洗马子显古意诗六首》之三:"绿鬓愁中改,红颜啼里灭。"⑩金衣:即《金缕衣》,曲调名。唐杜秋娘《金缕衣》:"劝君莫惜金缕衣,劝君惜取少年时。"⑪"才子"句:玉山倒,形容醉倒的样子。唐韦庄《菩萨蛮》:"须愁春漏短,莫诉金杯满。"⑫故国:故乡,家乡。苏轼《念奴娇·赤壁怀古》:"故国神游,多情应笑我,早生华发。"⑬红尘拂面:语出唐刘禹锡《元和十年自朗州承召至京,戏赠看花诸君子》:"紫陌红尘拂面来,无人不道看花回。"

[赏析]

这首词写东京金明池一带的春景,当作于秦观任职京城时,具体时间为北宋元祐七年(1092)。清人周济在《宋四家词选》中点出该词的特点:"此词最明快。"陈廷焯亦云:"少游词于婉约中亦时有俊快处,是真正作家。"(《云韶集》)

上片"琼苑金池,青门紫陌,似雪杨花满路",词人缓缓展开一幅画卷,从汴京的顺天门一直到琼林苑、金明池,满眼都是飘飞的柳絮,春光明媚,如在眼前。琼林苑、金明池是当时京城具有代表性的苑囿,它们并不仅仅是一个地名,而且还代表着词人早年一段快乐适意的生活。"云日淡、天低昼永,过三点两点细雨",转而写天气,云飞日淡,白昼的时间越来越长,天空不时飘过几丝细雨。"好花枝、半出墙头,似怅望、芳草王孙何处",美丽的花朵探出墙头,好像在望着远处的芳草。此处以动写静,将近处的花朵与远处的芳草连接起来,无限春光连为一片,让人有美不胜收之感。"怅望"一词带有一丝惆怅之意,为下片的转笔做铺垫。"更水绕人家,桥当门巷,燕燕莺莺飞舞",写居住在附近的人家,水流环绕,桥当门巷,到处莺歌燕舞。词人以绚丽的色彩写出春天的烂漫,杨花是"似雪"、"满路"的白,花枝是"半出墙头"的红,芳草的绿,再加上青、紫,写得五彩缤纷。明人李攀龙在《草堂诗余隽》中评此词:"点缀春光,如雨花错落。"

下片在写景的基础上抒发感慨。"怎得东君长为主?把绿鬓朱颜,一时留住",春光是美好的,同时也是短暂的,如同人的青春,转眼即逝。怎么才能留住美好的春光与青春呢?言语之间透出淡淡的忧伤,从春天易逝的惋惜,到青春短暂的感慨,过渡得非常自然。《红楼梦》第二十三回《西厢记妙词通戏语　牡丹亭艳曲警芳心》有一段林黛玉听到《牡丹亭》唱词之后的心理描写,与这首词所写有异曲同工之妙:"细嚼'如花美眷,似水流年'八个字的滋味。忽又想起前日见古人诗中有'水流花谢两无情'之句,再又有词中有'流水落花春去也,天上人间'之句,又兼方才所见《西厢记》中'花落水流红,闲愁万种'之句,都一时想起来,凑聚在一处,仔细忖度,不觉心痛神痴,眼中落泪。""佳人唱、金衣莫惜,才子倒、玉山休诉",那些才子佳人们还都沉醉于迷人的春色里。"况春来、倍觉伤心,念故国情多,新年愁苦",眼前的一切触动词人的愁思,他随之伤感起来,唤起乡关之思。"纵宝马嘶风,红尘拂面,也则寻芳归去",从赏春写到"寻芳归去",与开头相呼应。不管如何喧闹,最终还是要曲终人散,言语之间透出一种人生的无奈,正如俞陛云在《唐五代两宋词选释》一书中所云:"人乐而我悲,所思不见,惟惆怅独归耳。"

整首词先铺陈春天的绚烂生机,再感叹人生的无常,写得跌宕起伏,婉转曲折,可谓一咏三叹。

夜游宫

何事东君又去?满空院、落花飞絮①。巧燕呢喃向人语②。何曾解,说伊家,些子苦③? 况是伤心绪,念个人④,久成暌阻⑤。一觉相思梦回处。连宵雨,更那堪,闻杜宇⑥。

[注释]

① 落花飞絮:指柳絮、落花。苏轼《昭君怨》:"欲去又还不去,明日落花飞絮。"② 呢喃:燕子的叫声。③ 些子:一点儿。宋陈师道《后山诗话》:"谁家玉匣开新镜,露出清光些子儿。"④ 个人:那个人,某个人。⑤ 暌阻:阻隔,分离。唐喻凫《送武瑴之邠宁》:"悠然一暌阻,山叠房云重。"唐无可《晚秋酬姚合见寄》:"萧条人外寺,暌阻又经年。"⑥ 杜宇:杜鹃。

[赏析]

这首词写伤春,当系秦观早年的作品。

上片"何事东君又去?满空院、落花飞絮",一个问句写出对春天的无限留恋,一个"又"字写出内心的无奈,可见这种追问已经不是第一次了,自然也不是最后一次。东君是主管春天的神灵,既然带来满园春色,为什么又要匆匆离开呢?只留下满院的柳絮飞扬、落花飘零。这注定是个得不到答案的问题,年复一年的追问,徒增伤感。"巧燕呢喃向人语。何曾解,说伊家,些子苦",巧嘴的燕子呢喃作语,似乎想对人说些什么,但是人世间的种种苦楚，它们能理解吗？

下片"况是伤心绪，念个人，久成暌阻"，写出佳人的心事。眼前的景色引发了她的愁绪，自己在思念着一个人，彼此已经很久没有见面了。"一觉相思梦回处。连宵雨，更那堪，闻杜宇"，夜长梦多，醒来之后，人还在原处，彻夜不停的雨声如同连绵不绝的愁绪。远处传来杜宇的哀鸣声，让人更是不忍再听下去。

秦观早年所写情词也写到离愁别绪，但哀而不伤，没有后来词作的那种凄厉之风，这与其生活经历有关。可见在其词作中有一以贯之的东西，也有随阅历而变化的东西。

一斛珠
（秋闺①）

碧云寥廓②，倚阑怅望情离索③。悲秋自怯罗衣薄。晓镜空悬，懒把青丝掠④。　　江山满眼今非昨，纷纷木叶风中落。别巢燕子辞帘幕。有意东君⑤，故把红丝缚⑥。

[注释]

① 秋闺：秋日的闺房，这里指容易引起秋思的地方。② 碧云寥廓：天空高远空旷。唐孔德绍《行经太华》："寥廓风尘远，杳冥川谷深。"③ 离索：离群索居。唐白居易《和微之四月一日作》："两地诚可怜,其奈久离索。"④ 青丝：女子的黑发。⑤ 东君：此处有两个意思：一指春神；二指东家，对主人的尊称。⑥ 红丝：古时婚姻或媒妁的代称。传说月下老人用红绳将有情人系上，

此绳一旦系上,即便是仇家异域,终不可避。

[赏析]

　　这首词的题目是"秋闺",写女子的悲秋,当作于秦观贬谪郴州期间。

　　上片"碧云寥廓,倚阑怅望情离索",描绘了一幅女子悲秋图:秋高气爽,天高云淡,一位女子独自凭栏,满眼惆怅地向远处张望着。"悲秋自怯罗衣薄",衣衫单薄,让她感到阵阵寒意,这既是身体的感觉,更是内心的感觉。"晓镜空悬,懒把青丝掠",晓镜悬挂在闺阁中,尽管头发显得有些蓬乱,女子也无心梳理。词人以貌写身,通过衣衫单薄、青丝不整的形态,写出女子相思之苦,可见她已经到了寝食难安、懒理青丝的程度。

　　下片则转而写景,以此点染烘托,写出女子的悲苦。"江山满眼今非昨,纷纷木叶风中落",斗转星移,春去秋来,风扫落叶,满目凄凉,令人不由生出物是人非的感叹。"别巢燕子辞帘幕",本来就很孤单,结果就连陪伴了许久的燕子也要告别了。结语"有意东君,故把红丝缚",似乎有埋怨的意思在,尽管无法相见,东君却又偏偏用红丝将两人紧紧系在一起,可谓不是冤家不聚首。正如《红楼梦》中《枉凝眉》曲所说的:"若说没奇缘,今生偏又遇着他;若说有奇缘,如何心事终虚化?"前有"懒把青丝掠",后有"故把红丝缚",懒理青丝,红线有缘,前后对比鲜明,形成呼应,用意新巧,可谓妙笔。

青门饮

风起云间,雁横天末,严城画角①,梅花三奏②。塞草西风,冻云笼月③,窗外晓寒轻透。人去香犹在,孤衾长闲余绣。恨与宵长,一夜薰炉,添尽香兽④。　前事空劳回首。虽梦断春归,相思依旧。湘瑟声沉,庾梅信断⑤,谁念画眉人瘦。一句难忘处,怎忍辜、耳边轻咒。任人攀折,可怜又学,章台杨柳⑥。

[注释]

①严城:戒备森严的城池。唐李绅《忆被牛相留醉州中时无他宾牛公夜出真珠辈数人》:"严城画角三声闭,清宴金樽一夕同。"②梅花三奏:即《梅花三弄》,古代琴曲名。③冻云:严冬的阴云。④香兽:用炭屑匀和香料制成的兽形的炭。⑤庾梅:庾岭的梅花。庾岭在今江西、广东交界处,又称"梅岭"。⑥"任人"三句:典出唐许尧佐小说《柳氏传》:李生与韩翃友善,其妾柳氏,艳绝一时。柳氏爱慕韩翃,李生将柳氏嫁与韩翃。后安史之乱,柳氏为沙吒利强占。长安收复,韩翃遣人寻柳氏,题赠《章台柳》:"章台柳,章台柳,昔日青青今在否?纵使长条似旧垂,也应攀折他人手。"柳氏回以《杨柳枝》:"杨柳枝,芳菲节,所恨年年赠离别。一叶随风忽报秋,纵使君来岂堪折。"

[赏析]

　　这首词是写给一位青楼女子的,当写于秦观贬谪雷州之际。虽然是萍水相逢,词人却将其视为患难知己,写得情真意切。

　　上片"风起云间,雁横天末,严城画角,梅花三奏",词人一开始就用铺陈的手法描写所处环境的艰苦。自己身陷孤城,放眼望去,只见风起云间,大雁在高空飞过,城头画角声起,传来《梅花三弄》的乐曲声。"塞草西风,冻云笼月,窗外晓寒轻透",景物是冷色调的,无论是西风下的衰草，还是天上的云月，都透出丝丝寒意。这种寒意透过窗户进来，一直凉到词人的心里。"人去香犹在，孤衾长闲余绣"，景色的凄清映衬了词人内心的悲苦，佳人已去，余香犹在，仿佛刚刚发生，转眼已成追忆，只留下自己一个人孤枕难眠。"恨与宵长，一夜薰炉，添尽香兽"，黑夜有多漫长，愁思就有多少，直到香炉里烟气散尽，漫漫长夜就这样在煎熬中度过。

下片"前事空劳回首"，承接上片，继续描写佳人走后的那种失落感。"虽梦断春归，相思依旧"，虽然佳人已去，梦断春归，但是对她的思念依旧没有改变。"湘瑟声沉，庾梅信断，谁念画眉人瘦"，自己身在偏远的岭南，已经听不到湘瑟之声，佳人此刻想必也因思念而消瘦了吧。"一句难忘处，怎忍辜、耳边轻咒"，词人又想起两个人分别时的情景，耳边轻声的叮嘱又怎么能忘记，怎么能辜负呢？"任人攀折，可怜又学，章台杨柳"，此处引用唐传奇小说《柳氏传》的典故，表达对佳人的无限思念。身处青楼，她又在"任人攀折"，与别人逢场作戏吧。关切之情，溢于言表。

赠妓词在宋代有不少，大多写狎客与青楼歌女间的风月之情。事实上，此类题材的作品在诗歌中也比较常见，历代皆有。秦观词作中也多有写给青楼女子者，但大多写得情真意切，或描写她们的美貌，或赞美她们的痴情，对她们不幸的遭遇给予深深的同情。特别是其后期之作，更是将自己的身世之感融入，写出沦落之感、知己之情，感人至深，提升了这类作品的品格。

鹧鸪天

枝上流莺和泪闻，新啼痕间旧啼痕。一春鱼鸟无消息[①]，千里关山劳梦魂。　　无一语,对芳尊。安排肠断到黄昏。甫能炙得灯儿了②,雨打梨花深闭门③。

[注释]

①鱼鸟:指书信。②甫能:刚能,方能。宋辛弃疾《杏花天》:"甫能得见茶瓯面,却早安排肠断。"炙得:点得。③"雨打"之句:宋吴聿《观林诗话》:"半山酷爱唐乐府'雨打梨花深闭门'之句。"

[赏析]

这首词有的版本题作"春闺"。

上片"枝上流莺和泪闻,新啼痕间旧啼痕",一下将读者带入一种凄冷悲怨的氛围中:黄莺鸣叫婉转悦耳,勾起的却是佳人伤心的泪水。昔日泪水留下的痕迹未干,如今又添上了新的泪痕。佳人何以如此悲伤?"一春鱼鸟无消息,千里关山劳梦魂",点出佳人悲伤的缘由:人在千里关山之外,让人魂牵梦绕,整整一个春天都没有一点音信,怎不令人思断肝肠。从"千里关山"一词来看,似乎也有词人自己的身世之感,词中所写,与他被贬谪之后飘零在外的处境和心态颇为相近。

下片"无一语,对芳尊。安排肠断到黄昏",继续写佳人的春怨:一个人默默独坐,肝肠寸断地等到黄昏。如此痴情、执着的等待,等来的会是什么结果呢,"甫能炙得灯儿了,雨打梨花深闭门",刚刚把灯点上,紧闭的大门外传来雨打梨花的滴答声。

宋人杨湜《古今词话》云:"此词形容愁怨之意最工,如后叠'甫能炙得灯儿了,雨打梨花深闭门',颇有言外之意。"词人在这里有何言外之意呢?正如清人黄苏在《蓼园词选》中所说:"孤臣思妇,同难为情。"的确,写的虽是思妇的春怨,又何尝没有孤臣的感受呢?结合词人后期屡遭贬谪、孤身飘零的境遇,是可以理解到其言外之意的。思妇、孤臣,虽然所思的具体内容不同,但他们的心绪和情感并无不同,明白这一点,也就可以理解词人为何屡屡将身世之感融入艳词了。

醉乡春

唤起一声人悄,衾冷梦寒窗晓。瘴雨过①,海棠开,春色又添多少。　　社瓮酿成微笑②,半缺椰瓢共舀③。觉倾倒,急投床,醉乡广大人间小④。

[注释]

① 瘴雨:南方含有瘴气的雨。南方天气湿热,容易致病,故称当地的雨水为瘴雨。宋陆游《涪州》:"使君不用勤留客,瘴雨蛮云我欲愁。"② 社瓮:春社、秋社时用来祭神的酒。③ 半缺:残破。椰瓢:用椰壳所做的瓢。④ 醉乡:醉酒后神志模糊的境界。唐杜牧《华清宫三十韵》:"雨露偏金穴,乾坤入醉乡。"

[赏析]

这首词有的版本词牌作"添春色",是词人被贬横州时所作。元符元年(1098),秦观从郴州被贬到更为荒凉的横州,这是其词风转为王国维所说的"凄厉"的一个重要时期。

上片"唤起一声人悄,衾冷梦寒窗晓",写的虽然是春天,却透着阵阵寒意,"冷"、"寒"两字连用,可以想见词人清晨起床时的心绪。"瘴雨过,海棠开,春色又添多少",绵绵春雨之后,天空转晴,海棠花开,平添了几分春色。眼前的美景让词人愁闷的心情悄悄地发生了一些改变。

下片"社瓮酿成微笑,半缺椰瓢共舀",描写词人自得其乐的生活。春社已近,美酒酿成,词人也和大家一样,用半缺椰瓢舀出佳酿,开怀畅饮。"觉倾倒,急投床,醉乡广大人间小",喝醉之后,急忙躺倒在床,醉乡天地如此广阔,人世间却如此狭小,还是停留在醉乡里吧,正像李白在《将进酒》中所说的,"但愿长醉不愿醒"。词人没有感叹转瞬即逝、花开花落的匆匆年华,没有窗外春光无限、屋内冷窗残梦的巨大反差,也没有深深的愁苦和怨艾,甚至都没有借酒浇愁的意味,反倒是陶醉于春色,陶醉于美酒,看似旷达、洒脱,实则是有无限悲苦,只不过以另一种方式表达而已。

从这首词中也可以看到一些佛道思想的印记,词人屡屡遭受贬谪,内心悲苦,从佛道中寻求精神安慰,这也是顺理成章的事情。

南歌子
(其一·赠东坡侍妾朝云)

霭霭凝春态①,溶溶媚晓光②。何期容易下巫阳③,只恐使君前世是襄王。　暂为清歌驻,还因暮雨忙④。瞥然归去断人肠⑤,空使兰台公子赋高唐⑥。

[注释]

① 霭霭:云雾缭绕的样子。东晋陶渊明《停云》:"霭霭停云,蒙蒙时雨。"② 溶溶:流水漾漾的样子,这里形容阳光。③ 何期:岂料。

容易：轻易。巫阳：巫山的南面，这里代指巫山神女。④暮雨：比喻幽会。战国宋玉《高唐赋》序："（神女）去而辞曰：妾在巫山之阳，高丘之阻，旦为朝云，暮为行雨，朝朝暮暮，阳台之下。"⑤瞥然：眨眼的工夫。⑥兰台公子：古时以兰台公子代指宋玉，指品性高洁的人。兰台，本为宫廷藏书之所，班固曾任兰台令使。唐朝也称秘书省为兰台，秦观时任秘书省正字，这里用兰台公子以自喻。

[赏析]

　　这首词系秦观为苏轼侍妾王朝云所作。王朝云，字子霞，钱塘（今浙江杭州）人，家境清寒，自幼沦落青楼。宋神宗熙宁四年（1071），苏轼任杭州通判，将其纳为侍妾。她后来随苏轼南迁，死于惠州。苏轼在所写《墓志铭》中称其"敏而好义，事先生二十有三年，忠敬若一"。

　　上片"霭霭凝春态，溶溶媚晓光"，先从写景开始，云雾在天空缭绕，朝阳穿过云层，透出霞光。看似写景，实则暗喻了"朝云"的名字，同时又夸赞其丽质，非人间普通女子，用笔非常巧妙。"何期容易下巫阳，只恐使君前世是襄王"，这里用了巫山神女的典故，使君指苏轼。朝云本是天上的神女，为何这么轻易地来到凡间呢？恐怕苏轼的前生就是楚襄王吧。借用一个神话典故，既赞美了朝云的高贵品格，又将苏轼与朝云的情感写得美好而浪漫。

　　下片"暂为清歌驻，还因暮雨忙"，仍用巫山神女的典故，写出朝云不幸的命运，她虽然得遇苏轼，但寿命不长，未能陪伴苏轼走完人生。"瞥然归去断人肠，空使兰台公子赋高唐"，兰台公子系词人自喻，高唐则是指宋玉的《高唐赋》。意思是朝云如巫山神女一般，暂驻人间，转眼便离开尘世，让人思断肝肠，词人只能像当年的宋玉那样，为其写一篇《高唐赋》，抒发自己的仰慕之情。

从词的内容来看，当写于朝云去世之后。宋人袁文《瓮牖闲评》云："此秦少游为朝云作《南歌子》词也。'玉骨那愁瘴雾……'，此苏东坡为朝云作《西江月》词也。余谓此二词皆朝云死后作，其间言语亦可见。"结合这首词的内容来看，这一看法还是比较有道理的。

南歌子
（其二）

夕露沾芳草，斜阳带远村。几声残角起谯门①，撩乱栖鸦飞舞闹黄昏。　　天共高城远，香余绣被温。客程常是可销魂②，怎向心头横着个人人③。

[注释]

①残角：远处隐约传来的角声。②客程：指旅程、旅途。唐武元衡《送七兄赴歙州》："客程将日远，离绪与春浓。"③怎向：怎奈。人人：指有一个人。

[赏析]

这首词写男女之间的相思之情，其意境、用语与《满庭芳》（山抹微云）颇为相近。

上片"夕露沾芳草，斜阳带远村"，"沾"、"带"二字用得巧妙，将斜阳远村、夕露芳草的景致写得宛然如画，充满情致，与"山抹微云，天连衰草"有异曲同工之妙。"几声残角起谯门"的意思与"画角声断谯门"相当。"撩乱栖鸦飞舞闹黄昏"很容易让人联想到"斜阳外,寒鸦万点,流水绕孤村"。对这首词的作者,后人有不同意见,从其与《满庭芳》(山抹微云)颇为相近的关系来看,说是秦观所作自然是顺理成章,即便不是秦观所写,其作者当也是受到了《满庭芳》(山抹微云)的影响,模仿的痕迹还是比较明显的。

下片虽然也写到高城,但内容及写法与《满庭芳》(山抹微云)不同。由眼前的景色转为内心的思念,由景写情,"天共高城远,香余绣被温",高城天高地远,绣被上还留有体温,可见词人处在百无聊赖中,用睡觉来打发时间。"客程常是可销魂,怎向心头横着个人人",漂泊在外,内心本来就已很凄苦,怎奈心里面还始终放不下一个人,逐层递进,写出思念之苦,也写出其对情感的恪守。全词用字讲究,上片连用"沾"、"带"、"起"、"闹"等字,将景色写得宛然如画。

南歌子

(其三)

楼迥迷云日①,溪深涨晓沙。年来悴憔费铅华②,楼上一天春思浩无涯。　　罗带宽腰素③,真珠溜脸霞。海棠开尽柳飞花,薄幸只知游荡不思家。

[注释]

①迥:远。②铅华:女子化妆所用的铅粉。三国魏曹植《洛神赋》:"芳泽无加,铅华不御。"③宽腰素:指憔悴消瘦。腰素,古代女子束

腰所用的白色绢带。

[赏析]

这首词也是在写春怨。

上片"楼迥迷云日,溪深涨晓沙",先描绘了一幅春日远景图:烟云蔽日,隐隐露出一座高楼;溪水涨满,淹没了岸边的细沙。"年来悴憔费铅华,楼上一天春思浩无涯",随后由景及人,写佳人的愁怨。因思念而憔悴,空费多少铅华。楼上女子的春思有多少呢?虽然只有"浩无涯"三字,却写出其无限思量。

下片"罗带宽腰素,真珠溜脸霞",继续摹写女子的情态。只见她衣带渐宽,形容消瘦,泪珠从粉红的脸颊上无声地滑落。"海棠开尽柳飞花,薄幸只知游荡不思家",语意一转,将怨怒的目标指向杨花。海棠开尽,柳絮飘飞,可恨这些漫天飞舞的杨花只知整天在外游荡,却不知道思念自己的家。一语双关,既写出眼前的春色,又点出佳人的愁怨,情景交融,内涵丰富,值得细细体会。

参考书目

杨世明．淮海词笺注[M]．成都：四川人民出版社，1984．

秦观．淮海居士长短句[M]．徐培均，校注．上海：上海古籍出版社，1985．

秦观．淮海词[M]．陈祖美，选注．杭州：浙江古籍出版社，1987．

秦观．秦观词集[M]．张璋，黄畲，校订．郑州：中州古籍出版社，1988．

徐培均．淮海集笺注[M]．上海：上海古籍出版社，1994．

徐培均，罗立刚．秦观词新释辑评[M]．北京：中国书店，2003．

秦观．秦观集[M]．刘尊明，编选．南京：凤凰出版社，2007．

周义敢，周雷．秦观资料汇编[M]．北京：中华书局，2001．

钱锺书．宋诗选注[M]．北京：人民文学出版社，1958．

唐圭璋．宋词三百首笺注[M]．北京：中华书局，1958．

俞平伯．唐宋词选释[M]．北京：人民文学出版社，1979．

龙榆生．唐宋名家词选[M]．上海：上海古籍出版社，1980．

唐圭璋．唐宋词简释[M]．上海：上海古籍出版社，1981．

中国社会科学院文学研究所．唐宋词选[M]．北京：人民文学出版社，1981．

俞陛云．唐五代两宋词选释[M]．上海：上海古籍出版社，1985．

胡仔．苕溪渔隐丛话[M]．廖德明，校点．北京：人民文学出版社，1962．

陈廷焯．白雨斋词话[M]．杜维沫，校点．北京：人民文学出版社，1959．

王国维．王国维文学论著三种[M]．北京：商务印书馆，2010．

龙榆生．词曲概论[M]．上海：上海古籍出版社，1980．

唐圭璋，潘君昭．唐宋词学论集[M]．济南：齐鲁书社，1985．